走過風華歲月的

珠山村史

方亞先——著

序言　珠山事業尚未成功

薛芳千

珠山村社原本是姓薛單一姓氏的聚落，因為在民國前後經濟富庶達到頂峰，因此給薛氏族人一度帶來極大的繁榮景象，也給後人留下津津樂道的光榮歷史。只是天道輪轉，有高峰自然也會有低谷，只問來遲與來早而已，更何況是三十年河東、三十年河西，有時月明、有時星光，只要認清時勢，順勢而為就好。處順境時無須得意忘形，揮霍無度，居逆境也無須懷憂喪志，守時待勢。總有一天，守得雲開見月明，又能翱翔於星月之間。

重回風華的歲月，自然是我們薛氏族人不可怠忽的事業。在一九九〇年代起，借助於收回珠山學堂，轉而出租業者經營珠山大飯店，順利收取幾年的租金，為薛氏宗親會注入一股不小的資金。從而帶動各項公共事業，諸如修建活動中心、息仔寺、薛氏祖墓、設立薛氏獎學金、創辦珠山燈節。後因飯店停業，租金無收，宗親會金流見底，又回到原點。

深知世間事無錢莫辦，開闢財源實為當務之急，能引動資金的還在於珠山學堂的土地及建物，望有識者助一臂之力。

現如今，珠山事業尚未成功，薛氏族人仍須努力。一百年前的珠山達到風光的最高峰，先是被稱為「舒鄉」，後又稱為「模範村」，令人緬懷過往，久久不能忘懷。經過百年的滄海桑田，目前相去甚遠，能不感慨系之！眺望廈門莒光樓，江山留與後人愁，正該薛氏子弟奮起直追，再造風華，復我家聲。

看過許多金門的村史，好像都是一個模子裡面印出來的，我仔細一比較之下才發現村史都像像是小型的縣志，從地理、歷史、經濟、沿革、人物、發展一系列寫下來，看起來有骨骼有脈絡，可惜沒有血肉沒有靈魂，還談不上引人入勝。是不是可以換另一種寫法呢？會不會有不一樣的感受呢？我不得而知，這個思路就此放在腦海深處。

二〇二五年一月二日在沙美一場宴席中，主人是陳長慶伉儷，客人是陳益源教授等十三位，真是高朋滿座，文化俊彥濟濟一堂。席中，陳教授歷數台灣各縣市中村史產量最多的原本是彰化縣，但是，已經被金門縣在去年一舉超越了，恭喜金門出版五十四本拔得頭籌，雖然他的家鄉僅以一本之差屈居第二名，仍願祝賀金門的大力推動村史寫作獲致亮麗的成績單。隨後他提到村史的書寫在彰化有兩種形式，一種是方志式，一種是文學式，方志式跟金門一樣，有一定的編輯體例，而文學式完全是另一種寫法，沒有固定的體例，文學創作所呈現出來的作品有時候更具有可看性和可讀性。聽君一席話，令我茅塞頓開，原來村史還可以有不同的寫作風格，那麼何不嘗試一番呢？

2025／04／04

目錄

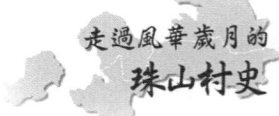

目錄

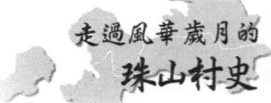

第一回　珠山大樓還珠記

珠山大樓還珠記

珠山學堂變軍用，佔用長達四十年，
二屆立委選舉年，司令官慷慨歸還。

1992／12／10

一、薛崇武與珠山大樓

薛崇武先生，是珠山大樓的催生者之一，更是珠山大樓的創建者。一九四八年八月，崇武先生受珠山薛氏族人之付託，籌備建造「珠山小學」校舍事宜。其胞兄薛丞祝在菲律賓主持勸募興建故鄉「珠山學堂」的建校基金，獲得僑居地呂宋、宿霧、衣里岸等地之薛氏宗親踴躍捐輸，合計募得美金二萬多元。越二月，由珠山小學董事長薛崇武與廈門雲燦營造商王文彩簽訂建築珠山小學教室及禮堂工程合同，並於同年十月十日國慶日鳩工動土興建，歷時一年多落成。

新校舍巍峨壯觀，美侖美奐，為一棟二層樓混凝土建造之洋樓，村人因稱之為「珠山大樓」，是當年金門縣最嶄新、最宏偉、最漂亮的校園。珠山小學的前方為一寬敞方正之廣場，學校正面為一字排開的五間教室，裡面為大禮堂，以容納五、六百人為度，左右兩側各二間教室，這樓下九間教室除五間做教學上課之用外，其餘四間分別做會客室、辦公室、圖書室及康樂室，樓上則為教師宿舍。

珠山大樓是珠山村人專為興建珠山小學之用，珠小設立於一九一六年春天，校舍是借用薛氏家廟及民房開辦，小學由秋一級讀起，到秋五級畢業。一九二四年成立珠山小學校友會，發起人為薛丞衹、薛永麥等人，贊成人為薛永乾、薛福緣等。四年後校友會創辦發行《顯影月刊》，首卷即倡議以興建專屬珠小之校舍為要務。

斯時，崇武先生為秋五級學生，自小便嶄露頭角，學校於當年十月舉辦廈門旅遊五天，旅行回來後，崇武先生就在《顯影》刊登二篇遊記，除了記述沿途乘坐船隻、車輛及觀賞學校及風景名勝外，更有一篇描述充當小老師的種種感受。珠小畢業後，崇武先生便進入廈門唸集美中學、廣西大學等。

私立金中中學於一九四七年復校，首任校長為吳紹堯先生，時任《顯影》發行人的崇武先生受聘為金中事務主任。又因金中新建校舍工程為廈門雲燦營造公司所承包，信用可靠，完工後立有口碑，故珠小興建新校舍工程，便直接與雲燦公司議價簽訂合同，果然施工品質有保証。

二、軍隊佔用經過

可惜一九四九年珠山大樓落成後，大批軍隊由大陸輾轉抵達金門佔用學校，雖經村民屢次交涉，軍方也只同意撥出一小部份開放作學校，供學生上課之用，時間更是異常短促，只有一年多而已。

同年年底，中國大陸易幟，錦繡河山變色，軍隊數以萬計轉進金門，部隊陸續進駐珠山大樓，據為軍事駐地。最初為駐紮海軍，其後為陸軍師部。珠山村民創建有成，近在咫尺，卻無法擁有該大樓，直教人無語問蒼天！

一直到一九八九年春天，金門縣薛氏宗親會成立，才能夠登記珠山大樓之校地，並於同年領取該土地所有權狀，然而，一晃眼已經過了四十個年頭。自從軍方佔用該大樓後，就一直以所有人自居，自由處分及管理該校地，反而把真正的主人拋諸九霄雲外，置之不理。八〇年代該地為金西師幹訓班，九〇年代再改為金防部化學兵基地。我們珠山居民不但不能夠主張產權，更不能進入我們心愛的大樓一看究竟，因為，軍方將大樓劃為軍事區域，在四周設置鐵絲網等障礙物，又派駐衛哨，全天候荷槍實彈站崗，令居民不敢越雷池一步。

自從珠山小學校友會發行《顯影》月刊，在一九二八年首卷便大聲疾呼要建設專屬教育用途之學校，以改善教學環境及提昇教育水準。雖然一波三折，歷時二十個年頭，終於在一九四八年完成眾人的理想，然而，由於時空背景的因素，落成的珠山小學卻轉為軍事用途，又不能為珠山所擁有，真是事與願違！

三、歸還之過程

一九八九年春天，筆者在金門縣薛氏宗親會成立大會上提案，案由是：「為開闢本會公共財源，應先爭取珠山大樓之產權，再設法與軍方使用單位交涉，俾能落實產權及收取租金」。此案獲得大會決議通過，交由理事會積極辦理，可是，歷經三年多，毫無進展，本人也一直耿耿於懷，牢記在心中。

直到一九九二年十月下旬某一天，我們「金門電信局」黃局長水慶先生，告訴我「金門防衛司令部」司令官跟他說，電信局如果有辦慶生會活動，請通知他，他將會撥空來參加。黃局長說司令官此話不知道是真的還是假的？我說應該是真的，他說何以見得？我就說，我在本月中旬剛到台北參加中國國民黨中央社工會主辦的講習，知道黨中央已經下達輔選第二屆立法委員的動員令，各輔選單位已經開始啟動運作了。司令官軍階為陸軍中將，不只兼任「金門戰地政務委員會」主任委員，同時還兼任「中國國民黨金門縣黨部」特派員，是縣黨部主委的頂頭上司，自然是負有輔選的責任，不能置身事外。

我當時擔任「金門電信工會」常務理事／工頭，主辦慶生會活動，活動訂於十月三十日晚上六時正，在電信局內舉行，請黃局長出面邀請司令官蒞臨參加。當晚六時正，葉司令官競榮將軍準時出席，率領金防部六位長官暨縣黨部主委黃廷川大駕光臨，蓬蓽生輝，席開七桌，司令官坐主桌主客，我與黃局長充當主人接待貴賓。

席間，酒過三巡，我即當面向司令官報告謂：「珠山大樓乃我們薛氏宗親會所有之產業，自建造落成以來，一直供軍方無償使用四十多年，目前為金防部化學兵基地，請司令官能否派人來與薛氏宗親會討論使用事宜」？當場，即蒙司令官允諾，指定由我和黃主委逕行討論，再由黃主委向他作報告。

隔日，我即到縣黨部拜訪黃主委廷川，主委說：「昨天司令官已經到珠山看過現場了，他預備將化學兵基地內的人員及裝備遷走，把大樓交還給你們。但是，尋找適當場地安頓這些人員及配備，需要花一點時間，你稍微忍耐一下，不要去催他」。我答以四十年都過去了，不差這一年半載的時間，我們願意等待。我內心裡對司令官此種劍及履及、軍人本色的明快作風，欽佩不已，不僅是軍事家，更具有政治家的風範。

四、還我珠山大樓本色

同年十二月十日上午，珠山薛芳世兄來電通知我，珠山大樓駐軍已將所有人員及裝備遷出，並行點交歸還建築物及土地，全體村民欣喜若狂，大快人心。珠山大樓歷經四十多載的淪落，終於能重回薛氏宗親的懷抱，真箇是不亦快哉！讓珠山村人能夠無愧於菲律賓鄉僑的捐輸之功，也無愧於崇武先生肇建之功也！感謝葉司令官競榮將軍的德意，有如山高水長。感謝第二屆立法委員選舉，選舉真好。

我接獲消息後，立即奔往縣黨部，當面向黃主委道謝，並請主委轉達珠山薛氏族人對司令官的感謝與感激之意。黃主委說：「金門全島此種軍佔民地的情形，所在多有，各地民眾紛紛反映要求收回。不過，都還不能妥善解決，唯獨你們珠山首先圓滿歸還，如此一來，將會形成往後軍方處理的先例，產生多米諾骨牌連鎖效應，這的確要感謝司令官的成全。雖然說，並不全都是因為選舉之故，但是關於選舉，請你轉告你們宗親，投票支持本黨提名的立委候選人吳成典」。

我說：「我一定會通知全體薛氏宗親，票票集中投給吳成典，以報答葉司令官競榮將軍的德意」。果然，到了十二月十七日投票後，在金城鎮八個村里開票結果，吳成典在七個村里敗北，只有在珠沙村是唯一獲勝的，可見得我們薛氏族人並沒有食言背信。

珠山大樓歸還後，族人終於一償宿願，進入大樓一看究竟。除了學校的教室及禮堂保養良好外，軍方在教室的左側興建數間廚房，也在禮堂的後方興建一排平房，都維持在可以使用的狀態，算是軍方在無償使用四十年後的一點小小回饋吧！次年，正逢金門解除戰地政務，開放觀光，薛氏宗親會及時刊登報紙，公開招標出租，經決標以年租金三百六十餘萬元標出，由台商進行投資修繕，改建成「珠山大飯店」。經營旅館及歐式自助餐廳，曾經風光一時，名聞遐邇，生意興隆，車如流水馬如龍。

備註：

《珠山大樓還珠記》修正版是因著薛崇武夫人王錦羨女士一句話而起，她說原文版都對只有一項不對者，為薛崇武終身未曾下過南洋。因此，我在閱讀過《顯影》月刊之後校對而成，距離首稿時間約在二年之後。《珠山大樓還珠記》原文版費時一個月，在二〇〇〇年七月七日刊登於金門日報，篇幅一千字，修正版全文二千九百字。

既沒墓碑又沒墓型，薛氏子孫如何掃墓？

1999／10／20

第二回　薛氏祖墓之發掘與修建

薛氏祖墓重見天日

能發掘薛氏祖墓，得感謝列祖列宗，
那年若錯失機會，將不復重見天日。

1998／12／20

小時候，約當一九六五年代，每年的清明節是我們珠山村中兒童的快樂時光。因為，當天我們都會在村中長老及大人們的領導之下，於中午過後結隊到石井坑的薛氏祖墓參加祭祖掃墓，然後排隊等候分發餅乾和糖果，每年每人約能分到十個餅乾和十顆糖果，這時候，便是我們兒童每年所能擁有的歡樂時光。當時的社會是物質缺乏的時代，也是經濟未開發的年代。貧窮不僅是各家各戶的境況，也是每個鄉村和城市的普遍現象。想當年，每個小孩能向父母親要到的零用錢，大都是五毛錢，頂好的也不過是一塊錢。不過，當時貨幣的購買力很強，五毛錢大約能買到五個餅乾，或者五顆糖果。所以，參加清明祭祖掃墓的利得，約當在二塊錢的價值左右，是孩童們一年一度的有利活動。

但是，每年到石井坑掃墓，每年都會在我幼小的心靈上留下一道疑問，那就是掃墓要掛墓紙，墓紙要掛在墳墓的四周。可是，我們的薛氏祖墓在哪裡呢？偏偏看不到墳墓的所在。長老指導我們只要將墓紙掛在田埂中間的那一片相思樹林中就行了，年年如此，年年疑惑。因為，我們自小便在家長的循循告誡下「囝仔人有耳無嘴」，要小孩子只能用耳朵去聽，不能用嘴巴去問，所以，提出疑問是不被允許的。不僅我個人從未問起過，也不曾聽到別人問起過，如此過了三十年，我的不懂依然不懂，不見墳墓仍然不見墳墓。

一九九四年二月四日，我接任薛氏宗親會理事長職務，到了清明節籌辦祭祖掃墓事宜，當天又引起我內心的疑問，便當場請教了幾位長老和先進，得到的答案是他們也不知道為什麼，更不知道墳墓在哪裡？於是，我返家後便拿出民國八十年版的《金門薛氏族譜》出來查閱，試圖自己找出答案來，只見族譜記載如下：此座墳墓的方位是「坐乾向巽」，因格於迷信任由荒廢。

直到同年十一月十二日，薛氏宗親會召開第三屆理事會第四次會議中，由薛祖貴宗長首先提議，要發掘及修建薛氏祖墓，並略作說明，惟僅獲決議：「從長計議」。再於次年十月八日第三屆理、監事會第二次臨時會議中，提議清理石景坑之祖墓，獲致決議：「於明年清明節前十日內僱工清理墓地，再擇利年修葺」。最後於一九九六年二月十日第四屆第一次理、監事聯席會議中，決議：「修建石井坑祖墓定於清明節後開工，推派修建委員會，請薛承助宗長擔任召集人」。

清明節後第二天，僱請怪手一部到場開挖，先挖相思樹林前之二畦田地，均無所見後，再挖田埂間之相思樹，仍無所見，如此已花了一天的時間，眾人心中均捏了一把冷汗，暗思如果開挖毫無成果，將來如何對族人交代。翌日再挖，大家商議要採向下挖深或向前挖大，最後決議向前，往相思樹林後之另二畦田地開挖，由我打電話向台北薛崇武族老報告現況，並請其提供協助，承蒙其回憶兒時所見景況，謂有四支石丹，二支旗竿夾。到了中午，在南側田中，首先發現混凝土跡象，眾人精神為之一振，控制怪手的深度，清理出一道寬半公尺、長二公尺的混凝土後收工。

回到村中，由總幹事薛少樓宗長另行僱請工人來開挖，詎料，無人願意受僱從事此項工作，不得已，我只好和薛芳世宗長二人承擔這項工作。隔天早上，我們提了鋤頭和圓鍬到現場開挖，不久，先挖到一些碎木塊，接著，鋤頭下劃到一條冬眠中的草蛇，大家精神因此振奮起來，都認為在下面會有我們所要尋找的。移開蛇後挖下去，果然看到了副人骨，骨頭紅豔豔地，非常漂亮而具有光澤，真是不可思議，在土裡埋了三、四百年的骨頭，居然不會腐爛掉。到了下午，在北側田中發現到二支石丹，回想起薛崇武族老的說明，眾人都有十足的信心，繼續在二支石丹之間的田中開挖，果然又找到了另一片混凝土跡象和碎木塊，於是小心地清理出完整的墓形後收工。

此二座墳墓，經大家研判，應是本族三世祖伴郎公及伴中公，二座墳墓的座向均同，都是頭在西方，腳在東方，向著珠山村，符合族譜所載「坐乾向巽」。合當今年有利年，適合修建墳墓，稍事盤算後，我們開始著手籌備修建祖墓。於次月，請得金城修墓師父許福林先生等人到現場洽談，許先生開出一個條件，要我們覓得一名地理師來主持修墓事宜，他只能承做工程而已，一時大家都傻眼了，不知哪裡有地理師？只好央求他介紹一位他所認識或合作過的地理師，可是，他卻說無此人選，說完掉頭就走，留下愣在當場的我們。

我只好再打電話到台北尋求協助，平素常聽說金門薛氏旅台宗親中，有二位頗有名氣的地理師，如今只有在電話中央請了。第一位謙辭不受；第二位倒很爽快，一口就答應了，要我等候安排和通知。誰知左等右等，都等不到通知，我只好每個月打電話去連絡，他都排不出時間來金門主持。如此，整整等了半年，我才發現這小子並無誠意，實乃言而無信之徒，存心放我們鴿子，誤我們的大事，真是可惡！

到了九月份，我再度詢問修建會委員，能否物色到地理師？眾人都說沒法度。於是，我打定主意，一定要設法找到地理師來完成這項大事，與其求人，不如求己，我開始動用我自己的所有人際脈絡、關係，務必要找到此種人選。皇天不負苦心人，終於讓我想起在某次飯局中，碰到翁水沙先生，在交換名片時，他曾說到除了營造廠外，他也做古墓建築。因此，我先打電話說明來意後，就直奔翁府拜託，我說我們想做古墓修建，工程交他承包，只是需要請他幫忙介紹地理師。

他當場答應並電洽地理師董金定先生，董先生要我接聽電話，他說他願意擔任地理師職務，但是，工程必須交由許福林先生承包。我說我已經答應翁先生，工程要由他來做；他說只要我答應就好，翁先生不會介意的，他負責跟翁先生商量。果然，翁先生在接完電話後，告訴我說，此項工程交由許先生承建，他沒有意見。

董、許二位先生開始指示採辦石材及其他建材，即日開工，並允諾要在二個月內，趕在冬至前完工。修建會全體成員，到此精神大振，眼見一件神聖使命，即將在我們這一代手中完成，莫不高興萬分！董先生只問我選擇何種做法，是採大格局還是小格局做法？我答以大格局做法，經費沒有限制，照實支付，不打任何折扣。

可是，當工程做到一半時，修建會成員中，竟然有人出來提出很多主張，其實，也只有那麼一個人而已。執意阻撓，說工程要停止，等候聘請大陸地理師來主持，石匠要更換，改聘金城石匠，墓碑改用黑心石，不用花崗石。弄得召集人薛承助宗長不知如何是好，工程幾幾乎要停擺，要我出面協調。於是，我當著那個人的面，跟石匠張輝權老闆拍胸脯保証說，此項工程由我全權負責，所有材料和工資，在完工後完全由我支付，一個子兒都不會少，請他放心，一切仍照原來計畫進行，並把我的名片交給他，請他隨時跟我連絡。這項困難克服後，整個工程都在預料中如期完成，合族同慶。

薛氏祖墓深埋土中三、四百年，竟能於今年在我們手中重見天日，並能修建墳墓，美侖美奐，真是與有榮焉！為慶祝此一盛事，於完工日謝土時，邀請歐厝鄉親參與祭祀，共襄盛舉，歐陽氏宗親會在理事長歐陽文顯及族老歐陽水朕先生率領下與祭，場面盛大而且熱鬧。並於當晚，在薛氏家廟席開十三桌，宴請全體宗親及歐陽宗親，合族同歡。本次薛氏祖墓能順利完工，承蒙修建委員會召集人薛承助宗長盡心盡力，整整辛苦了一個月，出力最大，居功厥偉。

備註：

這是我所寫的第一篇文章，費時三個月，時年四十四歲，全文二千八百字。

追本溯源看回頭，走過風華模範村。

1998／12／20

第三回　珠山開莊多少年

金門珠山為單一姓氏聚落，薛氏一族自開基始祖薛貞固公，於元代至正五年，西元一三四五年，由廈門禾山奄兜村渡海來浯島繁衍，擇居於太文山和龜山之間盆地，村名稱為「薛厝坑」，即今日之石井坑。此後族人又漸漸遷移到龜山和雞奄山中間，村名改稱「山仔兜」，村莊正中央有一池水潭，風水上稱為「四水歸塘穴」，代表富貴不斷。民國初年，村名再改為「珠山」，因為村落山明水秀，樹木茂盛，巨石成岩，當時即享有「模範村」之令名美譽，迄今已有九十年之久。

民初，金門各村里僅有小學教育，而且均為私立，由地方仕紳及海外華僑共同捐資成立。珠山小學創辦於一九一七年秋天，校舍借用薛氏家廟大宗及民房開辦，一年所需經費約當一千兩百元，來自里中及海外同鄉之捐款。小學由秋一級讀起，到秋五級讀完畢業，自一九二一年起，珠山的畢業生年年增加，但再無升學之處，除非進入廈門讀中學，因此，於一九二五年成立珠小校友會，發起人為薛丞祝、薛永麥等人，贊成人為薛永乾、薛福緣等。校友會為里中大部份青年聚會之所，設於薛氏家廟小宗，並附設閱書報社，如同小型圖書館。

《顯影月刊》，是珠山小學校友會所創辦，創刊於一九二八年九月，每月一期，合六期為一卷。其中，一九三七年中日戰爭爆發，日軍旋即佔領金門因而停刊，抗戰勝利後在一九四六年復刊一直到一九四九年五月再度停刊為止，前後二十一年間總計發行二十一卷。月刊內容主要報導：鄉村新聞、珠山小學、金門島聞、文藝副刊，趨於報導型的雜誌。所以，苟無珠山小學，便無成立珠小校友會，更無顯影月刊之發行囉！

一九三〇年，時任金門縣長陳紹前參觀珠山，盛讚風景秀麗，特別題詞相贈：「珠樹交輝清幽第一，山花怒發燦爛無雙」充分呈現寫實的意境。一九五〇年起，國軍進駐村莊，就在村子入口處豎立二道水泥山門柱子，題詞：「珠海無垠碧波千頃，山河永固正統萬年」充滿枕戈待旦之意味。

廈門禾山奄兜村有薛令之的墳墓存焉，令之公為福建省福安人，唐朝中宗年代為閩省以詩詞首登進士者，故有「開閩進士」之稱。累官至左補闕，兼太子侍讀，致仕後避居廈門，逝世後葬於下張社，但那也只是衣冠塚而已。今薛氏家廟正廳所掛之「開閩進士」匾額，乃薛氏族人追述開閩始祖之意。

薛氏宗族繁衍至明朝，人材輩出，鄉賢薛仕輝少年時投筆從戎，掃蕩倭寇，戰功彪炳，累官至御殿總提督，為從一品官階，今日薛氏家廟大廳正中央所懸掛之匾額「御殿總提督」，正是敘述先賢之功名。明代大臣王守仁為薛瑄立下「理學大臣」匾額，薛瑄係進士及第，累官至禮部左侍郎兼翰林院學士，開創河東學派，主張明理復性，躬行實踐而功在儒學。

到了清朝，薛氏人口興旺，物力、財力充足，族人基於「無廟無宮，鄉里袂興」之理念，乃由族老薛繼本公倡議興建「薛氏家廟」，於乾隆年間，西元一七六八年建造，迄今已有二百三十多年歷史。鄉賢薛師儀年少時從軍，投入清代金門鎮水師，於咸豐年間，西元一八六一年，累升至金門總鎮，為金門人唯一出任過金門鎮總兵者。薛總鎮為官清廉自持，剛正不阿，兩袖清風，誥封「武功將軍」，賜建宅第，稱為「將軍第」，其大門外的門口埕立有一副旗竿座，用來升掛官旗。今天薛氏家廟大廳上所掛之「總戎」匾額，也在述說先賢之功績。

李增德老師曾經任教金門高級中學，後來出任金門縣政府民政科長，對於所掌管之古蹟維護及傳統建築語彙瞭如指掌，現任金門縣議會主任秘書。深入了解閩南建築中核心的各姓氏家廟暨祠堂，包括匾額、楹聯，搜羅殆盡，著有專書《金門宗祠之美》。李老師蒞臨珠山，盛讚薛氏家廟中有三塊匾額為金門全島所僅見，堪稱浯島之寶，那便是「開閩進士」、「理學大臣」、「御殿總提督」，極為名貴和榮耀。

一七七二年，鄉人繼薛氏家廟之後又公議建築「大道宮」，落成後成為里人之信仰中心。大道宮一年當中有二次盛會，一次是農曆正月十五日元宵節的點燈、點蠟燭及乞龜活動；點亮盞盞花燈及供桌上的鉅大蠟燭，宮裡頓時一片燈火通明，大放光芒。另一次是農曆三月十五日，大道宮奉祀主神保生大帝聖誕，全村必須總動員辦理建壇作醮，出動神輿巡行遶境全村鎮五方及犒軍。

薛氏家族自開基祖到第四世並未分房柱，直到第五世才分成仁、義、禮、智、信五房。到了第十三世就有族人薛仕乾分支到澎湖的內垵，後來又有人移往彰化的鹿港和田中，到十六世開始移往南洋發展，於清代末年達到最巔峰時期。所以，在民國前後，大量的僑匯湧進珠山來，造就了珠山空前的繁榮。當時金門流傳著一句話：「有山仔兜厝，無山仔兜富」。山仔兜的富庶冠全島，其實並非由於在地本鄉人的成就，完全是來山仔都附自海外宗親所寄回來僑匯的貢獻。自民國以來到中日戰爭之前，從廈門來金門最好的珠寶商和戲班子，第一站一定是先到珠山販賣珠寶和演出戲劇，然後才會轉往後浦或其他村落去。

只可惜，一廟一宮均遭受發生於一九五八年的八二三砲火的落彈擊中，毀損嚴重。在砲戰過後，首先由村中長老薛敬仲召集宗親捐資修葺薛氏家廟，花費台幣二萬二千多元。越十年，族人又倡議修建大道宮，惜因二位負責人經驗不足，竟將宮中龍虎井一併用水泥灌漿灌成樓板，導致宮內黯淡無光，不但失卻原貌，而且不堪使用。此次修建工程失敗，仍然耗費新台幣十一萬八千餘元，盡付流水。

之後，又過了十五年（西元一九八三年），再度重建大道宮，由薛芳成族長主持，將上次工程全部打掉，重新建築，依照原貌修建，費時二年完成，共計花費新台幣一百四十六萬多元。落成後並舉行奠安及開光慶典，開支八十九萬七千餘元，盛況空前，為本村百年來之一大盛事，轟動全島。時任縣長伍桂林，應邀蒞臨觀禮，稱讚有「世家風範」，為鄰村所不及。

一九九四年，因家廟內樑柱遭受白蟻之患，族人又提議局部修建薛氏家廟大宗，經徵詢卜卦師，告以需四年後（農曆虎年）有利年方可施工。乃商請金門國家公園管理處長李養盛，請其於四年後編列預算補助珠山照原貌修建家廟，承蒙李處長慨然允諾，並且信守承諾於四年後補助一百五十萬元。並於同年修建鄰近之薛氏家廟小宗，費時一年光景完成，乃擇定於二〇〇四年十二月十五日至十七日，舉行兩棟家廟奠安慶典。

珠山地理風水好，寶地四水歸塘穴。

2005／09／10

第四回　村落地理風水好

好多年前的某一天，我到歐厝的珠沙村公所辦事，辦完後正好聽到歐陽晚池叔叔在村公所裡講古，他的面前圍坐著一群人在聆聽，我向他請安後，也坐在後排洗耳恭聽。想不到，他突然話鋒一轉，談起珠山的種種地理和有名的四水歸塘穴，樣樣都瞭如指掌，他並對我說：「你們珠山的村落美觀，風水出色，金門全島沒得比，所以，在民國二十六年中日戰爭之前它是全金門最富庶的首善之地，是前面扇——金門西半島最傑出的村莊」。可我對於自己所生長和居住的珠山，有關景色及風水毫無特別感受，一無所知耶！

鄰居薛素萍年長我三歲，她曾經二次對我說過這件相同的事情：「你家古厝——珠山六十九號這棟房子，是我所見過金門古厝、也是珠山最漂亮的閩南式建築」。同村薛少樓年長我六歲，也曾跟我提起過，我家的房子非常漂亮、雅觀，在古厝中並不多見。但是我生在這裡，長在這裡，一切習以為常，對於從小居住的房子卻毫無感覺特殊之處，依然毫無所知呢！

地理師董金定先生曾在我家正對面的大道宮門前稱讚過：「你家老厝的地理風水好，為珠山之最，沒有一家比得上，註定既富且貴」。我說我們所住的房子並不是我們家自己的，房子的主人薛維山叔公在菲律濱荷羅基沓種植椰子園，事業發達，成就非凡。我的父母只是基於族人之誼，代管其房舍田地而已。

在一九七八年左右，當時我和父母親同住金城鎮民生路六十三號，已有子女各一人。某日，妻子偷偷地拿了一張英文書信的信封，問我上面的發文地址要怎麼拼字，一看是橫式書寫，我知道左上角那兩行正是發文地址，因為它是用手寫的小草，每一個字我都讀不出正確的拼字，只曉得最後那個字是國家名稱叫菲律濱。我就問她信封哪裡來的？要做什麼用？她說是公公拿給她的，要跟南洋聯絡用的，交代她不要讓我知道。我說：大概是為了珠山那些田地房舍吧，我才沒有興趣理它呢！妳要拼出那些地址也很簡單，只要拿去請許志新老師幫忙一定沒問題，他是英文老師不過舉手之勞而已，但是你要拜託他用印刷體寫出來，才不會弄錯。菲律濱地址弄好之後二十年來也不曾見她們有任何動靜，更沒有人去過南洋，恐怕是不了了之吧。

一直到一九九八年，薛氏宗親會組團到菲律濱南部衣里岸市探訪薛氏華僑，內子又偷偷將該地址交給薛芳世兄請他代為聯繫，第一代的鄉僑跟村中的許多長老年齡相近，也都認識。到了衣里岸市，芳世兄就拜託當地薛祖彬請他幫忙聯絡薛維山叔公或者他的子女，祖彬很快就找到維山叔公的電話，但是老人家在二年前已經過世了，他有子女共八人。聽祖彬說維山叔公在南部地方的荷羅基沓事業發達，所種植的椰子園面積十分廣大，他巡視的時候可不是開著車子去的，而是駕駛直升機去巡視。

芳世兄回來後將以上情形及電話號碼告訴內人，她就試著打電話去連絡，起初幾通都沒有人接聽，最後總算有個男人拿起電話用英文應答，內人問他那裡是不是維山叔公家裡？他馬上改口用漢語說維山叔公是他父親，已經去世了，其他的話他都不會說，要打電話去給他大姊碧蓮，她才會說漢語，住在宿霧，然後說出他大姊的電話號碼。內子馬上打碧蓮姑媽的電話，一下子就接通了，內子請問她是不是碧蓮姑媽的家裡，她回說她就是碧蓮，問是哪裡要找她？妻子一時間反而答不出話，趕緊把電話拿給我叫我跟她講明白。我就用閩南話把家鄉的事情說了一個大概，尤其是那棟房子和維山叔公的母親楊筱忠等，她才跟我說她是在菲律濱出生長大的，在家裡他們都是講閩南話，所以閩南話還講得很熟悉，父親有告訴她在珠山有一些房子和田地的事情。

她問我如果她回到金門要找誰？我說妳回金門到了珠山，只須說要找我，珠山的人就會馬上通知我與妳見面的。然後，我就問她宿霧的地址，說要先寄一些資料去給她了解，她說了英文地址，又將每一個字母拼出來，我還是聽不懂。最後，她問我有沒有傳真機號碼？我說有，她便把地址傳真過來，並交代說郵寄要使用國際掛號郵件，才會收得到。但是，等我用國際掛號郵件寄去宿霧之後半年，卻如同石沉大海，苦苦等不到她的電話或回信，也不知道她到底有沒有收到呢？一晃眼又過了好幾年，已經懶得再去連絡這件事了。

前程如果遠大，要能庇蔭鄉梓。

2000／01／01

第五回　前途無量回饋鄉親

珠山早年素以人文薈萃，文風鼎盛享譽浯島。但我生也晚，未能躬逢其盛，自孩提懂事到啟蒙教育以來，懵懂無知，看珠山與鄰村東沙、歐厝、泗湖、小西門均屬農村，農夫生活作息，殊無不同，毫無特別之處。一九六〇年代的金門，社會普遍貧窮，物質匱乏，家家戶戶均忙於生計，有耕種能力者均須下田協助農耕，家中只有老弱婦孺留守看家。

五、六歲時，因為鄉下白天是不關門閉戶的，留在家中閒著儘是穿門越戶到各家各戶去看大人們，尤其是五、六十歲婆婆級的長輩們打牌，並聽她們詳述左鄰右舍的趣事或軼聞。可我從小站在牌桌旁觀看鬥牌，沒有人教導，看來看去到今天已經四十年，還是看不懂何者為四色？何者為群胡？可見自己天資魯鈍。

倒是，最常聽到長輩們提到某家的少年老成，某家的青年上進，將來必有一番「前途」。雖然，不曉得何謂前途？但多少也知道是一句誇獎和期勉的語氣。而且，還有長輩發展出一種期許，迄今我依然記得如下：「村中的子弟，日後若有前途，除了照顧自己父母、妻子和家庭外；行有餘力，則應以照顧兄弟叔侄及村人；如有更大的前途和能力，則以照顧社會的鄉親，方才不失為本村之好子弟，本村亦以其為榮」。

前途，或稱前程，在字面上的定義，指對未來可能境地的盼望。對於未來，可能需時十年，甚至二、三十年的努力與奮鬥，才能達成可能境地的盼望。所以，這前途二字一般都是針對少年或青年而提出的勉勵和誇獎，如果能努力上進，到了中年或壯年，大都也會達到可能的境地。反之，如不肯奮鬥與努力，白白蹉跎歲月，到了年華老大，必將一事無成，自無前途可言，誠所謂：「少壯不努力，老大徒傷悲」。

個人經過四十年忙於就學、就業，忙於辛勤張羅一家生計，誠不知自己有何前途？也不知自己有何能力照顧村人？更不知自己有何能力照顧鄉親？十九歲時，甫自金門中學畢業後半年，僥倖考取金門電信局開始工作，至今已有二十七個年頭。由青年經過中年，而步入壯年，由孤家寡人而成家立業，養兒育女四人均已成年。於今年近半百，偶一思及前途者何？遂興起一探其本意究竟為何？

社會上因分工合作的關係，而產生各種行業林立，俗稱三百六十行，行行出狀元。每個行業，互有興衰，就像有時月明，有時星光一樣。每個人進入各個行業，日往則月來，寒往則暑來，經年累月之後終究會有所成就或地位。但也不是每個人進入某一行，都能有所成的，也有很多人的興趣與其從事的行業不合。當發現興趣不合，有的人早早放棄，改投他行；有的人再磨練些時日，還是選擇離開該行；有的人雖明知不合興趣，仍然不改初衷，終身不離此行。所以說：「男怕入錯行，女怕嫁錯郎」。男人在選擇行業時，擔心入錯行，正如女人在選擇丈夫，害怕嫁錯郎一樣，必須非常慎重其事。

社會上各種行業雖然細分為三百六十行，但又可粗分為士、農、工、商四大行業。農業時代的士，專指官吏，是統治階級，農業為國家之根本，平時的糧食及戰時的徵兵均來自農業，工人及工匠的社會地位尚不及農人，商人通常都受到政府的壓抑，偏偏卻是最賺錢的行業。到了工業時代，社會階級受到很大的變動，進入後工業時代又稱為資訊時代，社會權力的分配又有改變，誰掌握資訊，誰就掌握了權力。在今天民主時代，傳統的四大行業形勢又跟著發生變遷，政府中的官吏，率多改稱為公僕或公務員，以服務取向代替管制取向，更不再以統治者自居。而農業則淪為受政府保護之下的弱勢行業，農業人口大量外流，離開農田另行就業。工業家興起，投資大筆資金，並大量僱用工人，工業家和工人因此形成勞雇關係，尋求勞資和諧成為一項新的社會關係。工業家和商人同屬資本家，資本家的社會地位迅速上升，在民主制度中，政治領袖採用選舉方式產生，資本家對政治人物提供鉅額政治獻金，當政治人物上台後，「政商關係」穩固流暢，凌駕士農工商之上，雙方各取所需，各獲其利，農人及工人大眾僅淪為選舉時之橡皮圖章而已。

前途，在社會上的意義，則泛指個人在社會上有一席之地，並因此而形成社會價值觀。比如擁有一份事業或一份職業，在事業上有何成就？或在職業上有何地位？但是，此項價值觀並非絕對的，而是相對的；價值觀有的較高，有的較低。例如，個人在事業上擁有何種成就？在職業上佔有何等位置？成就的大小或位置的高低，也就是說他有何等的前途。譬如說，個人在事業上建立多少版圖？個人在事業或機關中建立什麼地位？最常見的便是，某個人開設幾家公司，某個人在公司或機關中擔任何種職位。

在社會上自然存在有一道主流的價值觀，人們便會自動向它靠攏，譬如莘莘學子求學的目標就是要進入大學，一窺堂奧並習得一技之長，而前途的高低也是價值觀之一。所以，某些時候某些行業的價值觀較高，其前途也較好；而某些行業的價值觀較低，其前途也較差。依稀記得大約在三十五年前，珠山村人除多數務農外，也有少數從事公職及教師者；有的在縣政府擔任工友，有的在小學擔任教師，其月薪均為三百元左右，此一份薪水實在無法維持三代同堂一戶六口之家庭支出所需。因此，在公餘之暇及假日中，尚需兼任農職，畜養家禽，以貼補家用。而農夫一戶中如有三人能夠投入農耕，終年辛勤，亦足以養活一家溫飽無虞，因而，農夫的子女只要長大成人，自然就是家庭經濟生產力的來源，甚至早自十歲以上時，即能協助部份農事。可是，時隔三十多年，風水輪流轉，各行業此消彼長，已經今非昔比，更不可同日而語。像今日農村經濟普遍凋敝，專職農業者大幅衰退，以前苦哈哈的公務員及安貧樂道的教師，只要一份薪水，省吃儉用，都已能支應六口之家支出的需要。

前途輝煌或前途無量，指個人到某種年齡階層，具備足夠的學經歷，則不論開創事業或踏入職業市場，未來都能盼望達到可能的境地。或者，已開創事業有成，或已經在事業中、機關中擔任重要職務，仍然可能達成更高的可能境地。假以時日，此種人選必將是社會的中堅份子或領袖人物。縱觀金門地區，此種人選所在多有，而金門旅台人士中尤見出類拔萃者，如有適當機會讓這些優秀人才能有機會服務鄉里，造福鄉親，實為金門之福。

社會上衡量一個人現有地位的高低，也就是衡量其在社會中主流價值觀的高低。比如說，進入哪一行？擁有多少事業？多大的事業？或在事業上、職業上擁有何等職位？某些行業在某些時候的價值觀較高，所以，從事該行業人士的前途也跟著提高；相反地，某些行業的前途就降低。而且，大約每隔十年，各行各業難免會發生此消彼長的現象，或者，各行業之間的差距逐漸拉大。

放眼當今金門地區出人頭地的頗不乏人，前途非常光明，然而，羨慕者有之，誇讚者無之，何以如此呢？蓋以其能力得以照顧金門鄉親而不為，專以照顧其一家大小及近親姻戚為是，所以，鄉親並不以其成就引以為榮。因此，憶及珠山這些婆婆級的期許：「如有更大的前途或能力，則以照顧社會之鄉親」。令人迄今仍然不得不佩服，是相當有文化水準，不是烏魯木齊的鄉村野婦之流。

宗親排序論輩份，都說論輩不論歲。

2000／01／01

第六回　兄弟叔侄左昭右穆

四十多年前金門的鄉下兒童，自從懵懂孩提時期，就受到父母親或兄姊們再三告誡著一件頂重要的事情，那就是「囝仔人有耳無嘴」，教小孩子只許用耳朵聽話、聽教訓和遵照指示辦理，不允許小孩子用嘴巴提出疑問或者不按照吩咐去做。那時候，因為不懂得節育、也不需要節育，每一戶人家大都人丁興旺，子女人數眾多，少則五、六個，多則十幾口。所以，家庭教育採取威權性、一致性、單向式的教育方式，就好像軍隊裡頭一個口令一個動作式的軍事管理，因此，再三強調小孩有耳無嘴。又說：「老伙仔說的話要用紙包著」，就是說老人家所講過的話要小孩子時時刻刻牢記在心裡，要完完全全聽從長輩的訓示，不得有所逾越。

我就是在這種環境之中和這種背景之下在珠山出生、成長、受教育。不懂事的歲月裡不敢發問，稍微懂事的年紀中更不敢開口，可見得當時的家教是多麼成功和有效。而且，不僅僅是我家、連隔壁、連鄰居、連同村的每一家戶都像是同一個模子印出來的，毫無兩樣。那時節，教育不普及，很多家長根本沒有受過教育，都自稱「青暝牛」，就是沒有讀過書，不認識字。所以，他們在對自己的孩子實施家教時，就是以他們自身的成長過程和所見所聞作為藍本，然後再引用村中少數「讀冊人」的言論作為施教的準繩。例如「子不教，父之過」、「教不嚴，師之惰」，奉行嚴師出高徒，以及棍棒出孝子的教條。

我還記得四、五歲前後，遇到本村人或外村來的親戚朋友到家裡時，雙親就會教導我們稱呼「人客」為叔叔伯伯或姑媽姨丈等等，並且，強制小孩子一定要開口稱呼過後才能離開現場。因此，從小的時候我就懂得推測對方的年齡，參考自己的父母親，而適當地稱呼嬸嬸伯母，鮮少發生錯誤。可是，住在我家正對面的薛永求兄，斜後面的薛芳成兄，都年長我大約有四十歲，隔壁的薛芳世兄也年長我三十歲左右，他們的兒女更是比我大十多歲或者也有三、四歲。但是雙親就是教我們要如此稱呼，一直使我納悶不已。

就因著一句囝仔人有耳無嘴，我到成年時都不敢去問任何人，更別提是問自己的父母親了！而令我訝異的是永求兄，每當我先稱呼他時，他必定會回答我：阿千叔。村子裡其他成年人，對我這個小毛頭都喊我阿千。這就非常奇怪了，他年紀比我父親還大，我稱他兄已經不怎麼得體了，反過來他還叫我叔，況且，他沒有一次不是這麼正經八百地喊我，這到底是怎麼一回事呢？我幼小的心靈固然充滿狐疑，可我從來都不敢去問為什麼？

直到愛華國小畢業，我才慢慢輾轉從鄰村的同學口中得知同姓氏的宗親，有昭穆輩分的排行秩序，同宗的族人不論男女老少，均有自己的專屬輩分，並依照自己輩份的高低，來決定跟相對人的稱謂，不外是兄弟叔侄，甚至叔公、叔公祖也有，不允許個人隨意稱謂，錯亂了宗族裡的輩分排行。升上金城國中後，我就獨自離開故鄉珠山，寄宿在金城鎮北門大姊夫的家裡兼修車廠。

到了十四、五歲，我偶爾每個月才回去珠山一趟，晚上再到金城。可是，遇到左鄰右舍，很多成年人都改口叫我：阿千叔。例如水涵、水土……。初聽之下，我頗感受寵若驚，不知如何回答，也不知如何表達是好。除此之外，他們還會指示自己的孩子稱我：阿千叔公。我更是愧不敢當，還好他們的孩子年齡跟我相當，在學校大多數是同學關係，平常大家都習慣直接喊名字，才不願意稱叔公呢！這樣省得我難為情也好。

金門高中畢業後進入金門電信局工作，我就更少有機會回到珠山，每年不過一、二次罷了，碰到村中的族人時，年長者若和我同輩的均喊我名字，輩分比我低者不分男女老少都稱我：阿千叔或阿千叔公。真讓我不好意思，答應也不妥，不答應也不恰當，叫我不曉得該如何應對進退呢？我只知道年長者輩分比我高的，我必定規規矩矩地稱呼對方：扶山叔、自然伯。其他輩分跟我相同或比我低者，我就一律叫他名字：芳玉、阿姿。我也不知道這樣子稱呼對不對？或者妥不妥當？誰能告訴我呢？

三十八歲那一年我偶然當選薛氏宗親會理事長，三番兩次想把這項宗親兄弟叔侄之間的稱謂問題提到會議中討論一下，請教諸位長輩及長老的看法，期盼形成一個共識。可我一直猶豫不決，直到四年任滿後，終究未曾為此討論過。如今我年已半百，對這項縈繞我心頭四十多年的稱謂問題，不知道能不能找到答案？倒是我自己有個小小的看法，正是俗話所說的：言教不如身教。年長者不論輩分高低，對自己的孩子從小就要教導他們懂得應對進退和稱謂的禮貌，自己更需要以身作則。

通常一個宗族人數龐大，宗親之間難免有認識與不認識者，在個人家裡或私下場合裡，對於不認識者，當然需要先行互相自我介紹，敘述各自的輩分排序，輩分低者自然應先以長輩稱呼對方一次，接下來的交談中便無需再加上稱謂了；輩分如果相同者，相互叫過名字就算做打過招呼了。對於認識者，同輩者彼此喊個名字即可，輩分低者仍需先以長輩稱呼對方一遍。但是，在機關團體辦公室或他人辦公室或公眾場合裡，不論識與不識，互相注視一眼點個頭，權作打過招呼。等待散會後，不相識者先互通名字與輩分，再正式稱呼對方；相識者便可逕行打招呼。如此，似可達到「先公後私，公私兩便」之原則，既可優先招呼外賓不致失禮，又可兼顧宗族情誼不致失態，誠可謂一舉兩得。

此外，氏族宗親會為一具有血緣關係之團體，會員擁有與生俱來的歸屬性，就像血親一般一出生便具有其專屬性的身分和地位，宗親之間不外乎兄弟叔侄，真正含有血濃於水的手足之情。此種宗親會小則可以結合成家族、宗族，大則能夠結合成種族、國族，進而發揮出團結力量大的精神，不正是符合國父孫中山先生所提倡的民族主義嘛！

因此，擔任宗親會的領導人必須具備多方面的條件，首先是熱心，肯為宗親會服務，也肯為會員服務；其次是愛心，能秉持手足情深，適時表達關懷會員的婚喪喜慶與急難慰問；再次是耐心，要有任勞任怨的心理，也要有任謗任譽的準備；又次是能力，既然要為團體和會員服務，自然要具備相當的各項能力，能力不足者要不恥下問、認真學習和請求協助；最後是捨得，要能捨得花費時間和金錢，更要無私無我，先公後私，只有犧牲和奉獻，不可以藉此圖謀個人的名或利。

宗親情誼血濃於水，兄弟姐妹情同手足。

2000／02／01

第七回　姐妹叔侄氏族之情

四十年前，當我在歐厝就讀愛華國小三年級下學期時，開學第二周，老師突然宣佈下個禮拜要舉辦全校一年一度的查字典比賽，三年級以上的班級每班各派十人參加，並當場指派人選，好巧不巧我剛好是人選之一。隨後老師便教我們如何在比賽格紙上寫出教育部頒訂的「國語標準字典」的頁數及注音符號來，可是，卻沒有教大家怎樣使用字典及查閱字典，我們都不懂呀！

我回顧一下前後左右的同學們，個個都跟我一樣一臉的茫然，不知如何是好。下課後老師離開教室，大家七嘴八舌的議論紛紛，皆不知從何學起？第一次被點名參加比賽的同學，深恐比賽成績太難看，個個顯得憂心忡忡。其中，有位同學說他哥哥讀五年級，也曾經參加過查字典比賽，他回家後再找他哥哥教他就好。然而，我該怎麼辦呢？我沒有哥哥，雖有二個姐姐，她們年紀大我十來歲，都沒有唸書了，待在家裡幫忙作家事和農事，看樣子查字典她們也是不懂的。

想來想去，總算想起隔壁的學姐薛素萍是六年級的畢業生，她雖然高我三年，不過，我的輩份跟她父親薛芳世兄同輩，算起來她還要叫我阿千叔呢！請她教我總不好意思拒絕吧！畢業生就是不一樣，一張成熟的臉，使得她看來就像一個「小大人」一般，也像個小老師，說不定她會查字典，或許她肯願意教我，不妨試試看去請求她教導一下，好歹讓我能夠順利應付過關就好。她妹妹薛素姿跟我同班，可是人家運氣好沒有被老師指定參加比賽，看她在學校、在家裡都是那麼開心的玩耍，怎不叫人打心眼裡羨慕得要死呢！

第二天放學回家後，我就轉到她家，向她父母親和祖母問候過，就坐在她家大門口石階上，看著阿萍忙進忙出幫忙作家事，我不敢打攪她。直到她忙完了洗過手後，我才走上前向她說明來意，問她能不能教我查字典的方法？她毫不遲疑地說沒問題，讓我心中的一塊石頭輕輕鬆鬆地卸下來，她便在前廳的椅子上坐定，拿起我手上的標準字典，馬上教我基本查法。她說：「首先是要對每個字進行部首判斷，再打開字典的第一頁必定是部首索引，計算部首的正確筆劃數，由少而多找出所要的部首，看看是第幾頁，就翻到那一頁。

但是，翻頁的速度如果要求快，就不能從頭到尾一頁一頁的翻，而是要用左手捧著字典，用右手大拇指按著書緣，反過來從底部掀到頭部，眼睛同時緊盯住每一頁左下角的頁碼。找到部首所在的頁碼，再計算該字扣除部首以外的筆劃數，由上往下翻到所要的筆劃，再逐字尋找該字，如果找到最好，便可抄下頁碼和注音符號，一舉成功了。如果找不到，其原因有二種，第一項是筆劃數少算或多算一劃，甚至是二劃，應該往下一筆劃或上一筆劃處繼續尋找該字；第二項是部首的判定錯誤，必須回到第一頁的部首索引，重新判斷第二個部首，迅速翻到該部首的頁碼所在，重新計算該字扣除部首以外的筆劃數，由上往下翻到所要的筆劃，逐字找尋該字，如果找到就好；如果找不到，可以往下一筆劃或上一筆劃處繼續尋找該字。還是找不到的話，又是部首判定錯誤，再回到第一頁的部首索引，再重新判斷第三個部首，繼續翻找，應該可以找到。

另外，為了翻找速度加快，可以使用蠟燭，在書緣擦上蠟油比較光滑又不會跳頁。她說以上基本查法熟練後，便可改用快速查法，就是對於每個字判定部首後，不用到部首索引去算筆劃和查頁碼，逕行由書緣底部或中部往頭部翻找該部首所在的範圍而非其頁碼，然後計算其餘筆劃數，翻到該處逐字尋找。此外，在比賽格紙上遇到相同的字千萬不要浪費時間再去查第二遍，只要直接把上一個字的頁碼及注音符號抄下來就好」。聽學姐這麼仔細講解一、二個小時完畢後，我終於學習到正確又快速的方法，簡直比老師教的還好嘛！使我不用膽驚受怕，心情豁然開朗起來，回家後立刻開始練習了幾天，還蠻得心應手呢！

第二周，三年級到六年級的各班代表都出席競賽查字典，時間為半小時，格紙發下來後看到的是一篇文章，不曉得什麼內容？不認識的生字比認識的字還要多，權且放在一邊，集中精神從第一行第一字開始對付查起。整個賽場裡靜悄悄地鴉雀無聲，人人聚精會神，全心投入，迅速的翻動字典和抄寫，就當我查到最後一行只剩四、五個字時，搖鈴聲響起，時間到。老師教大家放下字典和鉛筆，不准再動，全部繳卷。大夥兒停下來鬆口氣，東張西望一會兒，發現比賽人員全數在場，並沒有人提前查完繳卷離場的，看來是題目多，難度也高的關係吧！

比賽過後幾個禮拜的某一天，公佈欄貼出一張查字典比賽成績表，依照往例，只公佈前三名的名字及分數，同學們都爭先恐後的擠著看，高年級的個子高站在第一排，他們離開後才輪得到中年級的看，我們班上有人站在第二排看時，立即轉回頭告訴我：「阿千，你得到第一名呢！不過第一名有二個喔」！輪到我看時，第一名真的有二人，一個是我，分數完全相同都是八十幾分，第二名和第三名各一人，分數都在七十幾分。我看清楚、看明白，確定是第一名後，好開心、好高興、好得意、也好意外！原本指望能夠應付過關，就可交差了事，誰想到竟然拿個冠軍，真是喜從天降。

雖然是兩人同分並列第一名，卻教我喜出望外，另一位是郭水萍，他是六年級的畢業生，高我三年耶。我也認識他，還知道他綽號叫歪頭，因為他弟弟郭錫銘就是跟我同一班，綽號叫歪尾。倉促上陣，臨時學習，更兼臨陣擦槍，初試身手，居然一舉奪標，真叫我不敢置信，究其故，端在於啟蒙師傅的教導，感謝學姐也是姪女的薛素萍指導有方。下午放學回家，我即刻跑到隔壁她家向她報告和致謝，她也已經知道比賽成績與名次，一臉笑容燦爛的跟我道賀恭喜，並告訴她父母親和祖母，說我在學校比賽得到全校冠軍，好不厲害哦！我可真不好意思，再三向她道謝，感謝她的教導與傾囊相授。論年歲，她是我的學姐，論輩份，我卻是她的叔叔，姊妹叔侄就像一家人，再怎麼說我們都是自己人嘛！

第二天早上升旗之後，校長訓話完畢，宣佈頒發查字典比賽前三名的獎品，唱到名字者出列到校長講台前，我們四人一字排開站在台前，在鼓掌聲中，從校長手中接過一份包裝精緻的獎品。回到教室等下課時，同學們一窩蜂圍在我的座位旁，要我趕快拆開包裝紙，瞧瞧裝的是啥米碗糕？我不由自主的拿出獎品拆看，原來是一打裝的鉛筆，好好哦！大家一齊發出驚聲歡呼，雀躍不已。想我們平常每學期只能買到一支鉛筆使用，頂多二支而已，沒有人買過整打的。於是乎，就有同學起哄要我將戰利品拿出來跟大家分享，我毫不猶豫答應自己保留二支，其餘的送給十位同學。

這次比賽，讓我發現到很多拆部首的困擾和不合理地方，有的部首從左為原則，從右是例外；有的從上為原則，偏偏又有從下之例外，莫衷一是，大玩捉迷藏遊戲。所以，有些生字需要拆二次部首才能查到該字，甚至也有拆到第三次呢！更有一個字最特別，拆了三次已經想不出任何部首，還是查不到那個字「眾」，拆血不是、拆皿不對、拆网不行，只好留下一個空白。因為，這個字是老師刻鋼板印出來的，上部明明是寫成血字呀！為什麼查不著呢？後來，也是請教師傅，她才告訴我正確的部首是要拆目。我又問她：「妳查字典技術這麼好，為何不見妳參加比賽呢」？她說：「我教會你，首次參加比賽就奪魁，那就表示我更厲害了，何況俗話說『有狀元學生，無狀元師傅』，我自然不用再參加比賽了」。我聽完楞楞的，似懂非懂，其實還是不懂。

一副棺材豎立客廳，有錢人家預備後事。

2000／02／01

第八回　驚見棺材嚇跑頑童

懵懂孩提時期，尚未入學就讀前，夏天的中午，是農村珠山兒童一天中最開心的時光。因為夏日酷熱，農夫必須在早晨五、六點鐘曙光微露的時候趁早出門種田，忙到十點過後就要準備收工回家休息。因為，十一點以後至下午三點是陽光最炙熱的時刻，農人雖然頭戴斗笠稍有遮陽的作用，但是仍然擋不住烈日的曝曬，如不避開，很容易就會中暑倒下來。所以，中午吃過午餐後需要睡個午覺，到了三點以後再出門下田耕種，直到七點之後夕陽西下，才踏著疲憊的步伐走回家，洗過手腳沖個澡，再和家人一齊享受一頓辛苦勞動一天之後的蕃薯簽配菜脯。

吃過晚飯，一家人便帶著小板凳到門口埕去坐地納涼，小孩子一邊聽著父母親談論田地農作的事情，一邊纏著祖父母講古和繼續昨天未說完的故事。鄉間的夜晚靜謐，不但會聽到蟲鳴鳥叫，還能看見蟾蜍青蛙一起跳。仰望天上，滿天星斗，祖父母便會教我們尋找北斗七星的位置，告訴我等明天必然是風和日麗的晴天；倘若天空烏雲密佈，星月無光，明日將會是陰、雨天，屢試不爽，此種觀察星象和預測天氣準確無比，農家子弟從小就能學習熟練。乘涼到十點鐘，夜深人靜，大家才回到各自的房間上床睡覺。

此種農家生活的寫照非常規律，日復一日，月復一月均屬如此，極少有所變化。只有冬天的作息略有調整，此因冬日寒冷，農夫大約在早上八、九點鐘，太陽已經露臉後才出門下田，中午十二點回家吃午飯或者由家人送飯到田埂上吃過，不用休息，又開始下午的耕種，直到五點太陽下山，便須收拾農具回家，要不然冬天的黑夜來得快，一會兒就看不到回家的路。

所以，夏天的午後，「大人們」都在午睡，連屋裡的雞鴨貓狗也熱昏了，顯得有氣無力地吐舌頭消暑。卻是我們這群精力旺盛的兒童呼朋引伴，相招在村子裡到處穿門越戶閒逛的時候，真是空間無限，可以大展身手。因為，在白天的鄉下是門不閉戶的，屋內屋外沒有一處是我們不能夠進出的。有一天中午，我們第一次逛進「牆圍內」月裡婆仔的護龍，牆圍內是一棟傳統閩南建築的二落大厝，加上右手邊的護龍。

大厝是出租給住在後浦的「北仔」老劉，前落開設理髮店，老劉親自操刀，剃頭、修臉、洗頭均由他一手包辦，珠山只此一家，別無分店。因此村中的男人，不分大小和老少，如要修理頭髮和鬍子，可是少不了老劉的那兩把理髮刀與刮鬍刀。老劉的那一手頂上功夫端的是嚇嚇叫，只要經過他的刀鋒修剪過，無不顯得容光煥發、神采奕奕。後落開設撞球店，那是專門為駐紮在村裡的阿兵哥提供娛樂設施，村人可是消費不起此種高級娛樂，倒是可以充當觀眾，站在一旁免費欣賞「兵仔」的球技表演。

屋主月裡婆獨自一人居住在護龍仔，護龍有自己出入的大門，客廳和房間，與大厝的院子中間也有一道門相通。那天當我們闖進護龍，我因個子小跟在最後面，等我剛踏進大門時，說時遲，那時快，突然看見走在最前面的童伴驚叫連連，掉頭往外衝出來，邊跑邊對著我說：快走，快走。我心裡很納悶，想起月裡婆年紀約莫六、七十歲，身材瘦瘦小小的，平日看到小孩子都是和和氣氣的，從未見過她生氣的時候，難道她會罵人、打人、趕人走開嗎？我不大相信，想看一看究竟，就繼續往前走幾步，到達客廳前面才向右轉頭一看，哇，嚇死人！只見客廳內用來祭拜列祖列宗神主牌位的「長案桌」旁邊，竟然擺了一副紅通通的棺材，而且是豎立起來，不是平放著。

珠山每家每戶都走透透，可是從來沒有見過任何一家有這種東西呀！這是怎麼一回事呢？正當我心驚肉跳，想要腳底抹油開溜的時候，恰好看見月裡婆從房間走出來，在客廳收拾餐桌上的東西，望見我也沒有說半句話，仍舊忙著她自箇兒的事情。我看她不說話，膽子跟著壯了起來，頓時把滿天的恐懼都拋到爪哇國去了，立定腳跟靜靜的瞧著那副棺材，它的外觀好像一只大型的火柴盒，棺蓋和棺材的四週都用油漆刷得紅艷艷的好不亮麗！它不會走路，也不會罵人、打人嘛！等到瞧夠了，我才轉身走出護龍大門，只見那些玩伴站在門口，個個一臉驚疑的問道：「你不怕嗎」？我說：「不怕，不怕，它不會走路，更不會打人，怕什麼」？

自從那一次親眼見過棺材，孩童們紛紛奔相走告，說得全村人人都知道月裡婆家裡有一副棺材，可是不知道為什麼別人家沒有，偏偏她家才有呢？這項疑問擱在心裡長達三、四十年，就是不曉得答案。

直到前幾年，回珠山老家和薛芳世兄泡茶聊天，聽他開講「日本仔手」種植鴉片的往事，他說罌粟花開得非常艷麗奪目，有紅色花和白色花兩種。鴉片的種子是日本政府發給，鴉片汁採收後放在太陽底下曝曬，形狀像牙膏，稱為鴉片膏，再拿到後浦總兵署賣給日本人，日軍收購後用來製作止痛劑。聽他娓娓道出六十年前的故事歷歷如在眼前，鉅細靡遺，尤其是對自己親身經歷過的所見所聞，記憶力更是驚人，而且，他經過對日抗戰，跑過老共炸彈，對於每一家戶的人物動靜瞭如指掌，不愧是珠山的一部活字典。

俟他談話告一段落後，我趁便請教他關於月裡婆家裡為何會擺著一副棺材呢？他細說從前：「月裡婆是清朝出生的人，今天如果還在的話，已經超過百歲，她是第五房薛獻禎的夫人，娘家姓吳，結婚的時候很年輕。婚後不過幾個月，丈夫就下南洋到印尼發展事業有成，並在當地娶妻生了四個兒子，雖然定時匯錢回來供給她生活衣食無缺，但是一去不回頭，沒有再回到故鄉。她所住的那棟房子在我們族譜裡特別稱為『大展部』，我們則稱作牆圍內，那是因為她的門口埕不同於別人家的開放性，而是在門口埕四週築起一道圍牆，形成封閉性，是為了防禦盜匪之用，只有在東側圍牆的正中央開了一道門可以通行。

後來中日戰爭爆發，日軍隨即佔領金門，僑匯為之中斷，月裡婆一個人的生活完全失去經濟來源，自己毫無謀生能力，沒有收入來維持生活支出，日子過得非常拮据困苦，甚至要靠典當度日。可是，她一直盼望著遠在南洋的丈夫事業發達，有一天能夠再接濟她過好日子，盼呀盼的，總算讓她盼到日本投降，僑匯再度源源不絕而來。可惜，好景不長，只不過四年光景，又逢國共內戰，大批軍隊轉進金門小島，僑匯再度斷絕。她除了手上有一些積蓄外，還把房子出租給老劉增加收入，到了晚年，眼看自己沒有一男半女送終，便開始為自己打算身後之事，最重視的莫過於那一具壽板囉。因此僱請木匠到家裡來為她量身訂做，你小時候看過她的壽板，有沒有發現她的壽板比板店現成做好的小很多？那具壽板製作好擺在家裡，也陪伴她度過一、二十年才派上用場」。

聽完一副棺材的起源，才知道關係著一樁「落番」的淒美故事，令人不禁一掬同情之淚。

2000／02／01

村莊外槍聲響起，孩童撿拾子彈殼。

第九回　靶場槍聲帶來外快

咻……，咻……，珠山靶場槍聲響起，這是珠山居民幾十年來聽得耳孰能詳，習以為常的聲音，一點兒也不驚慌，更不須害怕。珠山靶場乃金門防衛司令部所屬專用靶場之一，作為實彈射擊之用，除了白天的上午及下午兩個時段軍隊練習射擊外，偶而也會在晚上實施夜間射擊。靶場位在珠山村落外緣，靠近海邊的防風林，射擊線設在東側，標靶和靶山設在西側，靶山是一座高約二、三十公尺的土丘，土丘上種植綠草四季長青，靶山對應標靶共有二十個靶孔，距離珠山村民居住的聚落至少還有三百公尺以上。

因此，靶場的存在並不會妨礙到村民的生活，也不會干擾到居民的作息，只是對靶場附近的農田耕種，造成相當的不便。白天，農夫出門種田，只要抬頭望見靶山上插著紅旗子，表示當天即將實施射擊練習，整個靶場實施管制，人車一律禁止通行，而且，靶山週圍及後面均屬危險區，人員和牛馬禁止停留，農民必須改往其他田地耕作，或者待在家中休息。若是出門前已經聽到子彈飛嘯的咻、咻聲，那當然不能再靠近靶場四週了，因為射擊開始後，子彈由東往西亂飛，雖然大部份在射中標靶後會落在靶孔沙堆裡，但是，還有一部份會飛出靶山之外，掉落於危險區，人若挨上了，就只好抬著回家，幸好，幾十年來從未聽說有人被抬回家之事發生過。

入學前的孩童時期，珠山靶場卻是我們小孩子發財的一座寶山，等到射擊停止，紅旗拔下來後，表示危險已經解除，我們就會立刻一擁而上，帶著鐵罐子衝向靶山。在那靶孔沙堆裏用手指頭或大湯匙當作工具挖掘已爆的子彈開花，每個小孩各自分配一個靶孔，人少的時候可以分配到二個靶孔挖子彈花。我們知道打靶的阿兵哥射擊完畢，必須按照所領到的子彈數，繳回相同數量的彈殼才能報銷；靶溝裏的阿兵哥要回報標靶上打中的數目給記錄者；所以，靶場上的軍人個個忙碌著，懶得理會我們這些小毛頭在那兒爬上爬下挖來挖去的。平常的日子總能挖到十來個子彈花，手氣好的時候可能挖到半斤左右，一個月打靶的天數大概有十天，只能挖到四、五斤，如果打靶有二十天的話，便能挖到十斤八斤，那可算是很難得的豐收囉！

挖回之後，將子彈花的砂土洗乾淨，集中在一個大的牛奶鐵罐子，收藏於床鋪底下，等到每月或隔月由後浦下鄉收購「破銅舊錫」小販來的時候，再拿出來賣給他，每斤五毛錢是行之多年的公定價，只要稱斤論兩即可，勿須討價還價。最多賣得四、五塊錢，就足夠讓全家大小都高興得合不攏嘴，對這一筆可觀的外快，抵得上一個月農田辛苦勞動之所得。雖然，賣得的價錢是由貨商直接交給在場的父母，我連經手當個過路財神的機會也沒有，但只要能看見雙親滿臉的笑容，和幾句誇獎的話，自覺對家裡或多或少有些貢獻，自己就心滿意足了。

想當年，我們兄弟姐妹好多人，平時連三餐都很難得到溫飽，更別想得到一點零用錢了，頂多每逢過年前的除夕夜發壓歲錢的時候，我們才能從紅包袋中拿到幾塊錢。每年農作物是豐收或歉收，往往就能由紅包的多少辨別出來，若是三張一塊錢的鈔票就代表「好年冬」，若是只有二張一塊錢的鈔票便表示「壞年冬」。當時的幣值大，購買力強，我們辛辛苦苦一、二個月挖子彈花所得的報酬，比起我們一年所能得到的壓歲錢還多，可見得珠山靶場不愧是我們的一座寶山，既入寶山，又怎能空手而回呢？

因著珠山靶場，也讓我參與了一場協調事件、消弭衝突的一樁往事。話說八、九年前某日早上我準時去上班，甫一踏進辦公室，突然看見裡面站著一位精神抖擻、英姿煥發的陸軍中校，對著我點頭打招呼說：「大哥，早安」。我一瞧竟是薛芳萬，比我年輕四、五歲，非常驚訝，連忙說：「早安，你請坐，我馬上泡茶來喝」。說完，拉著他在沙發椅坐下，立刻在飲水機泡上一壺茶，倒出二杯，遞上一杯請他喝。我才問他道：「今天怎麼有空大清早跑來電信局呢？莫非有什麼事情嗎」？他回說：「正是有件事情要來拜託大哥幫忙，需要請你這位現任的宗親會理事長出面協調，將大事化小，小事化無」。

我接著說：「只要有用得著我出面或出力的地方，當然要全力支持你，沒有第二句話說，我們是自己人，老兄弟嘛！你說說看是怎麼一回事」？他就從頭說起：「我現在金西師中興崗擔任營長，本身並沒有任何事情出紕漏，只因為師部參謀作業錯誤，為了參謀總長要來金門視察軍事演習，錯把珠山靶場的舊有地籍圖當作正確的資料，竟然下令將靶場四週農田開挖成縱橫交錯之壕溝，引起地主們群情激憤。拿出土地所有權狀當場質疑，參謀回去調閱資料後才發現自己真的弄錯，知道『代誌大條』了，不知如何是好？珠山這幾位地主於是打電話到師部抗議，甚至揚言要在總長蒞臨視察演習時，在靶場拉白布條陳情，讓師長下不了台。

師長了解此種狀況之後，煩惱不已，擔心農民抗爭的場面會使他在總長面前丟臉，那可是大大不妙。他聽說我跟珠山有深厚淵源，昨天特別指名召見我，指示我出面全力安撫地主們的情緒，暫時不要在總長面前拉白布條。因此，昨天下午我立即趕回珠山逐一拜託宗親兄弟高抬貴手，幫我一個大忙，好讓我能夠回去向師長交差。其中有一半地主兄弟態度軟化，但仍有另一半態度堅持，說雖然你是自家兄弟，理應賣你一個面子，無奈抗爭行動已經是箭在弦上，不得不發，實在無法放棄。所以，今天專程來請你大哥出面協助勸說，只須演習那天不要抗爭，事後師部會負起一切善後的責任，把已開挖的田地回填恢復原狀，對農田和農作物所造成的損害，一定會給予適當的補償」。

我就問他還有哪幾家堅持態度者，他說是薛承紀他們堂兄弟幾家，我說那就好辦，承紀的年齡跟我相近，做人乾脆俐落，很明白道理的，此事原本理曲在軍方，他會堅持到底，並不意外。我和他私交不錯，會動之以情用商量的語氣拜託他，假使他點頭了，他的堂兄弟都會跟他採取相同步調，況且，他目前還擔任我們宗親會的副總幹事呢！等下午下班後，我親自到他家去當面跟他說說看，再打電話告訴你結果如何。既然師長點名找你辦事，無論如何都應該全力協助你，讓你圓滿達成任務，能夠向長官漂亮交差了事」。

談完，他總算可以輕鬆地離開，我則等到下午下班後，即刻直奔承紀家裡，他已經從報社下班回到家。我一進門立刻單刀直入跟他提起早上阿萬來找我，談到珠山靶場週圍農田被軍方開挖的事情。我說：「他們師長點名要阿萬出面疏通，再過二天就要舉行演習，你能否商量一下，給阿萬一個面子，以免他在師長面前漏氣才好」。他回我說：「既然連你理事長都支持芳萬，我還有什麼話可說。我一定會取消抗爭活動，等演習過後，軍方只要把我們的農地回填整平即可，至於補償事宜，我們並不在意什麼。雖然抗爭的人員及工作都已經完成分配妥當，但是我的堂兄弟會跟我採取同樣的步調，保証風平浪靜，絕不食言」。我說：「我就知道你是個明理的人，看在自家人的份上，我們總要幫襯一下阿萬。今天感謝你的幫忙，又給我一個很大的面子，我非常放心，再說一次謝謝你」。當晚回家後，我馬上撥電話告訴阿萬，一切放心，沒有問題了。

二天後，演習照常在珠山靶場舉行，沒有任何意外發生，也沒有任何抗爭出現，演習順利完成。一周後，我聽說軍方調派怪手進行整地，又有一輛軍用卡車開進村子裡，卸下好幾袋白米分送給那幾戶農田的地主，一天的濃雲密佈，至此終於煙消雲散，皆大歡喜。

關鍵時刻正確抉擇，眾人之事共同決定。

2000／03／01

第十回　珠山劃入國家公園

一九九四年春天，報載內政部正在草擬「金門戰役紀念國家公園」之設立事宜，擬將金門縣其中四分之一的面積劃入國家公園範圍之內，包括七個傳統聚落，珠山即是其中之一。為此，珠山村人乃於七月五日晚上七時正，假珠山六十二號之「珠山活動中心」集會，討論案由：金門戰役紀念國家公園涵蓋珠山事宜。重點就在於決定是否接受國家公園進駐珠山？也就是接不接受將珠山劃入國家公園之範圍內？經過充分討論後，作成如下決議：雖然引進國家公園有利於景觀之修復和維持，但是恐怕國家公園所有的限制過多，造成個人生活和權益的妨礙，此事仍須多加了解，從長計議。

這項結論也就說明大家都不懂什麼是國家公園？心生排斥，僅憑個人從電視上及報紙上獲知台灣現有五座國家公園，幾乎全數遭遇當地居民的激烈反對和抗爭，新聞鬧得沸沸揚揚的。電視上也曾看到立法委員在立法院質詢內政部官員，說名稱訂為「金門戰役紀念國家公園」，其中戰役紀念四個字固然是此座國家公園的主軸和特色，但是相對地，恐怕也會害慘了當地居民，特別是住的權利，到時候禁建、限建一大堆，住民未蒙其利，反受其害尤深，何不比照墾丁或陽明山國家公園，採用常態性質，排除非常態之性質。

我看過這段新聞之後，想到珠山的將來，禍福難以逆料，不能掉以輕心，實在難以置身事外，不如從多加了解著手，密切注意國家公園之籌備和設立的新聞發展，並且，查閱「國家公園法」及「國家公園法施行細則」之詳細規範。我的印象中明明見過家裡訂閱的「中國時報」曾經報導過此部法律，可是，任憑我翻遍家中一九八一年版的「六法全書」卻找不到這部法律，再到珠山薛氏宗親會查閱新購一九九三年出版的六法全書，還是沒有找到。咦！我確信有這麼一部法律，偏偏在這些工具書裡看不見它的蹤影，這到底是怎麼回事呢？難道是我記錯了？要不然包羅萬法的六法全書不可能沒有呀！

我也曾想過到立法院去請求協助查找國家公園法，自己又覺得有點兒小題大作而放棄台北之行。因此，我便轉而向金門縣政府求助，找到秘書室研考股長吳世榮，當面向他提出疑惑所在和請求幫忙，想不到，他竟然也肯定我的記憶，說他印象裡也記得有公佈過這部法律，答應幫我找找看。我一聽好高興的，既然吳君和我擁有相同的印象，至少表示這部法律應該不是鏡花水月才對！二周後，他打電話告訴我好消息，說已經找到國家公園法，影印二份，叫我過去拿。我馬上趕到他的辦公室向他道謝，他卻說：「這可不是我找到的，你不用謝我，是你同學陳成鑫大哥到建設科找出來的，要謝應該謝他吧」！我轉過頭向陳君當面致謝，他說區區小事，何足掛齒，能為同學效勞也是應該的嘛！

好不容易拿到國家公園法，回到辦公室我先讀過一遍，不甚了了，條文的字體太小，閱讀不方便。我便用電腦自行重新打字，改用標楷體的十六號字，總共三十條，打了六頁，列印出來後法條顯得清清爽爽、漂漂亮亮的。再讀第二遍，其中，第七條稱：國家公園之設立，由內政部報請行政院核定公告之。看此條文完全是行政權之行使，更是單方之行政行為，居民或民意代表均無置喙的機會或餘地。內政部只要依法定程序完成作業，報請行政院核定公告，新的國家公園就此誕生了，就擁有行政機關的公權力，公園內的居民只有乖乖接受的份。第十二條謂：國家公園內劃分成五區，一般管制區、遊憩區、史蹟保存區、特別景觀區、生態保護區。果然，限制重重，罰責處處，端的將來不知是禍還是福呢？

閱讀報載：內政部設立「金門戰役紀念國家公園籌備處」，發表現任陽明山國家公園副處長李養盛為籌備處長，李處長是金門人。一九九四年底，李處長銜命返金籌辦國家公園設立事宜，除了到珠山拜訪耆老之外，也舉辦一場說明會，由他親自主持，說明國家公園的設立和業務，分區的種類和範圍。我也出席參加，並攜帶三十份重新打字的國家公園法供鄉親參閱，雖然起初大家疑懼仍多，提出多項疑問，但是均能獲得李處長詳盡的解答，比如說珠山列為傳統聚落，屬於一般管制區，其管制程度最輕微。

然後，他提到之所以將珠山列入國家公園的傳統聚落內，其故是來自於他的頂頭上司─內政部營建署署長潘禮門的特別指示，潘署長說他在金門服役時曾經在珠山駐過一段時間，相當了解珠山聚落景觀的特色，同時也對珠山的風土人情懷有一份特殊的感情，認為把珠山劃入國家公園範圍內，雖然會遭受些許的限制，但能得到較多的公共投資和建設，權衡利弊得失，一定是利大於弊，得到的多於失去的。他深信潘署長的一番愛護與照顧之情，絕不至於使珠山吃虧，請大家多往好的、正面的方向思考，不要輕易失去這次的良機，一旦錯過機會，只怕沒有下次喔！村人經過這麼詳細的解說之後，疑雲漸消，最後，大家當場達成共識，共同做下關鍵性的抉擇，異口同聲地表示同意將珠山劃入國家公園，願意嘗試看看。

次年夏天，內政部正式陳報行政院，經行政院會討論後決定去除戰役紀念四個字，核定公告成立「金門國家公園管理處」。十月十八日，金門國家公園管理處成立，首任處長即由原籌備處李處長出任，管理處設在原中山紀念林裡面。國家公園成立初期，七個傳統聚落中除了珠山外，其餘的反對聲浪仍然很大，業務的推展並不順利。

珠山村落的中心點乃珠山大潭，大潭是一個四水歸塘穴，為村中之風水池。池塘四週圍的欄杆脫落，池邊道路崩毀多時，年久失修，路基掏空；人車通行其上險象環生，修建已經刻不容緩。因此，敦請金城鎮公所代為規劃及設計施工圖，估需工程款約一百多萬元，本擬由薛氏宗親會斥資鳩工施建。湊巧，個人遇到工務課長張清忠到珠山勘察聚落，因而將原大潭設計圖提請惠予指正，並蒙同意協助重新設計。想不到一個月後他完成重新設計並直接發包施工，連工程款也由國家公園支付，完工後美輪美奐，遠遠超出居民的想像，於是，由宗親會具名致贈一面感謝狀，聊表敬意。

隨後，國家公園又幫我們設計修建珠山公園第一期及第二期工程，美化公園環境，並鋪設環山人行石板步道，工程款共計五百七十萬元，完工後，乃由珠山社區發展協會具名致贈一面感謝牌，用表謝意。經過這二項工程後，我們對國家公園讚賞不已，更充滿信心，大家都認為做了一項正確的抉擇，今後可以放心的把建設珠山付託予國家公園。因為我們宗親會自有的資金有限，絕對負擔不起所需的龐大工程費，尤其是我們缺乏土木方面的專業人才。相對地，國家公園擁有中央行政機關的編列預算，又有專門的人才，施工的品質有水準、有保障。

因而，每當李處長巡視珠山聚落和工程時，我們就一再向李處長反映，珠山需要國家公園的投資建設，更歡迎國家公園到珠山來建設，如有需要使用土地，我們都願意無條件提供，即使有的地主有意見時，我們負責出面去跟該地主溝通協調，務必讓工程的施工順利完成。李處長聽完深表同意，因此，陸續把村中巷道的水泥路面改舖成紅磚路面，將薛氏家廟前的紅磚廟埕更新，修建村中另一座池塘「宮橋潭」，實施污水處理併將架空電信線路地下化，在大道宮廂房外新蓋一所公共廁所，又把「大夫第」的房子全部照原貌重新修建，煥然一新，先由地主和國家公園簽訂契約，所有修建費用由國家公園負擔，地主則須同意將房子使用權三十年，移交予國家公園，所有權仍歸地主所有，等到三十年後使用期滿，使用權再歸還地主。

過後，「薛永南兄弟大樓」及「大展部」這二棟房子均採取大夫第模式交由國家公園重修，僅僅移轉使用權三十年而已。國家公園又對傳統聚落實施房屋美化修建補助及原貌修建補助，補助金額為工程款的半數，最多以一百五十萬元為限，因此，村中許多破舊古厝紛紛修建，村落面貌逐漸更新。珠山薛氏長老十分重視修建薛氏家廟，經派人徵詢卜卦師，告以須一九九八年農曆虎年有利，方能動工修建。同時商請李處長於該年度編列預算補助我們照原貌修建家廟，並蒙李處長慨然應允，果然於當年補助一百五十萬元。

歐厝鄉親眼見珠山一天天蛻變，一天天更新，就問我其故何在？我便據實以告，說我們明白表達歡迎國家公園在珠山從事建設，所需土地均由我們負責協調地主同意提供使用，從未受到妨礙或阻撓，跟國家公園保持非常良好的互動關係。不但李處長本人稱讚說珠山是七個聚落中最好相處，互動關係最佳，連國家公園的許多員工也都是這麼說呢！歐陽鄉親聽此一說，頗表贊同，決定要採取跟珠山相同的做法，主動聯繫國家公園。不久，我便看見珠沙村公所前那一條穿越的村道，由水泥路面改舖成紅磚，在村子入口的那一座池塘也重新修葺，並在旁邊加蓋一座木造的涼亭。後來，有一天因事到國家公園拜訪李處長，恰好他有訪客，王秘書就招呼我在會客室稍坐，等候時我就看到會客室內陳列著我們致送的感謝狀及感謝牌，此外，還有歐厝和山後民俗村致贈的感謝狀，我心想他們總算知道見賢思齊焉！

人會吃豬會吃才好，養大養肥才有用處。

2000／03／01

第十一回　會吃能吃才有用處

在成長過程中，我一直深信饒富道理之「老伙仔說的話要用紙包著」這句老話。它的本意是說：老人家的經驗之談深具價值與哲理，值得年輕人學習和借鏡，如果年輕人採信，可以從中汲取前人的經驗，又可以作為前車之鑑，避免重蹈覆轍之失。這句話細細品味，頗富勸導性的正面意義，遠勝過「不聽老人言，吃虧在眼前」那種警惕性的負面意義。

我不但用紙包住，而且還用心包住一句老話長達四十多年，不敢一日或忘，於今歷久彌新，仍然非常管用。四十多年前的金門是一片兵荒馬亂的年代，居民生活困苦，物質匱乏，謀生不易，特別是糧食短缺，除了極少數有錢人家外，一般民眾外表的共同特徵是因為吃不飽而人形消瘦，多數人面黃肌瘦，小孩子活像一隻瘦皮猴，成年人多有彎腰駝背者。我曾站在祖厝埕靜靜地看著村人蹲在地上撿拾許多菸蒂，把菸紙撕開後，將菸草集中在一片紙張上，捲成一支新的香菸，然後，擦亮火柴點燃自己的戰利品吸著，好不愜意哦。此因珠山駐紮著數量極多的軍人，軍隊每月均有配發軍用香菸，早期士官兵配給「七七」牌，軍官發給「中興」菸，後期則統一配發「國光」香菸，不再區分官兵的階級。市面上出售的先有「香蕉」牌子、「樂園」香菸、「新樂園」、「雙喜」、「寶島」，後有「長壽」。

那時節童年的我，清晰記得三餐與其說是吃飽，倒不如說是喝飽。此話怎講呢？只因早飯僅有「安薯湯」，湯比安薯多，撈完幾塊安薯後，就把剩下的湯全部喝光；午飯是「安薯煮安簽湯」，安薯加安簽和湯一樣多；晚飯還是「安簽煮安薯湯」，湯佔了一半。早飯沒有菜，午飯及晚飯配白菜、花菜或高麗菜，平常炒菜連一點油星都沒有，唯有逢年過節或先人忌日拜拜，才會放一些豬油下「鼎」。每當在廚房外聞到豬油烹飪時所飄散在風中的那一股香味，就足夠令人垂涎欲滴，飢腸轆轆了。直到今日，聽父執輩七、八十歲的長者講古，他們聊起少年時代的生活情景，提到三餐時皆稱「喝安薯湯」，而不說是吃飯。可見我的童年生活水準幾乎便是長輩們的翻版，只有時間的早晚，沒有程度的差異。因為，安薯和安簽少，吃不飽，因此，只好多喝幾碗湯來撐飽肚子，不過，湯水撐不到二、三個小時，肚子就開始咕嚕呱啦叫，大唱空城計了，可是，又沒有點心或餅乾之類能夠用來填肚子。

日子一天一天過著，胃口也一天一天撐大，到了十歲前後，家裡生活逐漸改善，安薯湯加一點點白米煮成「安薯糜」，端上桌真好。配糜的菜除了自家種植的蔬菜以外，偶爾，還會和姊姊二人在大清早徒步從珠山走到古寧頭南山的表哥李增通家做客，享受一頓中飯後，下午姊弟再順便帶回一些曬好的海蚵乾，以及一些煮過海蚵乾剩下來的海蚵湯。海蚵乾可是很名貴的，一般需要七、八斤的海蚵煮孰後才能曬成一斤海蚵乾，而煮過海蚵的湯，黑油油的，又鹹又香很好配糜的。雖然，安薯糜比安薯湯要穠稠一點，可是終究抵不過我胃口撐大之後的胃納量，一碗糜唏哩呼嚕的兩三口就吃光了。

有時候，雙親早上到後浦城裡去燒香拜拜或者辦理事情，中午趕不回來煮飯，就會把我們姊弟寄託給「厝邊頭尾」的伯母叔嬸吃一頓免費的午飯。因為，家家戶戶都是煮大鍋飯，粗菜稀飯大碗大鍋，即使臨時有三、五個客人上門，也不怕沒有一餐飯菜招待。所以，鄉下人最好客，遇到用餐時間有客來訪，盛情接待，主人一定先問來客吃過飯沒有，如已吃過則請一旁奉茶稍坐，倘若未吃則請上桌一同進餐，只要不嫌棄粗菜淡飯，主人家就很開心又有面子了。常聽老伙仔說：「後浦人驚吃，鄉下人驚抓」，這話可是很傳神吧！我最常寄食的家庭莫過於隔壁薛芳世兄家裡了，他的母親我要尊稱伯母，他的太太我要稱呼「俺嫂」，芳世嫂—李金蓮女士的娘家是古寧頭北山，她不僅做家事一把罩，而且做農事也是好幫手，做針線的手藝之巧更是珠山數一數二的好手，她打過的毛線衣也會送給我，色調和款式毫不呆板，比別人打的又漂亮、又溫暖，我好喜歡穿在身上。

有一天中午在她們家吃飯，我照例是狼吞虎嚥，一碗接一碗，如風捲殘雲一般，只顧著填飽肚子。誰知伯母一邊輕輕地吃著，一邊慢慢地對著我說出一句話：「會吃才好，會吃才好」。我自覺吃相不怎麼雅觀，感到有些難為情，沒想到伯母並不見怪，倒是說了這麼一句話，好像還有肯定和誇獎的含意，此後，我就將這句話牢記在心裡，吃飯仍舊不改本色。那年起，我已經開始要下田幫忙鋤草、整地和挑水澆菜，心想「會吃才好」的意思大概是說會吃才會長大，長大才有力氣，有力氣才能種田賺錢，幫忙家計吧！

可是，就在伯母講過這話二、三天後，我跟著她提了餿水到豬圈去餵豬，只見豬圈裡五、六隻一百斤上下的中豬，還未到賣錢的時候，需要養到二百多斤的大豬才能夠賣給殺豬的，賣豬的價錢可是每戶農家一年當中最大、最重要的一筆收入。長大後看見小孩子裝零用錢的撲滿有很多造型就是一頭小小豬，我想其儲蓄的性質跟農夫種田買仔豬，養成大豬的用意相同。儲蓄可是農民量入為出，克勤克儉，做為儲備未來生活所需之用，這也是最簡單、最實際的理財觀念。當伯母將餿水倒進食槽裡，那幾隻豬立即蜂擁向前，嘖嘖有聲地大啖起來，伯母看著豬隻圍食的景象，頗為滿意，略為頷首，居然說：「嗯，會吃才好，會吃才好」。

我站在旁邊聽見，不禁一楞，真奇怪，這叫什麼話？伯母的年紀有五、六十歲，講話一向都很有道理，每年夏天的晚飯後，我們一群唸小學的鄰居兒童，最喜歡聽她講故事，她講得最有趣了，而且，從來不會重複喔！可是，為什麼前天才對我說過的話，今天卻拿來說這群豬呢？這話到底是用來對人說的，還是對豬說的，或者對人說也通，對豬說嘛也通？我當場聽糊塗了，又不敢開口請問伯母的真意為何？此因從小我們接受的家教，便是教導小孩子只許聽，不准問，所以，好奇心使我對這項問題一直牢記在心底，盼望長大後自己能夠解開這個謎題。

經過十年之後，我還一直在思索這項謎題的答案，此時，我年滿二十歲，食量達到極盛時期，光是一頓白米煮的乾飯，至少能吃八、九碗，稀飯更是高達十多碗，這還不包括下飯的菜和湯在內。我因此領悟到會吃才好的真意，並非僅僅會吃飯、吃東西而已，更要吃得多、長得快才好，才有用處。試看有些小孩子「嘴白」，既挑食又偏食得很，難怪長不高也長不大，一副排骨仙的模樣；反觀那些「煞吃」的孩子，長得高又長得壯，才有力氣幫忙做粗重的工作。從我們家養豬的經驗知道，會吃才好同樣的道理自然可以運用在豬的身上，當豬的食量好，表示胃口佳，身體健康，吃得多長得快，仔豬買來養到半年就長成大豬，能夠賣錢；如果豬的食量不好，吃得少長得慢，小豬必須養到一年才能長大，這快慢的時間差一倍，收入自然也相差一倍，關係利害非比尋常；如果豬生病，食量也不好，還得花錢請簽豬的來打針呢！

就在這一年夏天，我自金門中學畢業，冬天考進金門電信局，奉派到台北電話局接受職前訓練一年，住在延平南路靠近小南門的電信宿舍裡，一道受訓的同事總共十五人，大夥擠在一樓打通舖同床共眠。三餐自理，晚餐我通常都在附近的牛肉麵店解決，可是一碗香噴噴的牛肉麵要價二十塊錢，我終年捨不得吃過一碗，只得改吃十塊錢一碗的牛肉湯麵，吃完了還可以加湯不加錢，因為，一碗湯麵我根本吃不飽，因此吃完湯麵我一定還得再加上一碗湯來撐飽肚子，在我最能吃的年紀，我也很少吃到飽，只有喝到飽的份，彷彿又回到十年前的兒童時代。

前幾年，我和芳世兄在他家泡茶聊天時，他談起年少的時候，聽聞珠山早年流傳著一句話：「窮人無大豬，富人無大子」。咦！真巧，人跟豬真的有發生關係耶！可我自小懂事以來四十多年，從未聽過有此一說，趕忙請教他這二句話的本意何在？待他喝杯茶，潤一下喉嚨，便告訴我這話的原委，他說：「窮人無大豬，是說明窮人家因為需錢孔急，沒辦法等到豬隻養到大豬才出賣，只能養到中豬的階段便急忙忙的提前賣掉換成現金使用，因而窮人家的豬圈裡看不見大豬。富人無大子，並非詛咒有錢人家的兒子早夭，而是解釋富人家為了早生貴孫，能夠享受含飴弄孫之樂，等不及兒子十六歲成丁，提前二、三年就為兒子娶妻生孫，因此富人的家裡見不到尚未成親的男丁。相反的，窮人家的男子大都在成丁後，還要經過十多年的奮鬥，才能積蓄足夠的財力成家。」

人求我換我求人，幫別人也幫自己。

2000／03／01

第十二回　地球圓的相拄會著

由於珠山靶場事件，金西師長指名要該師中興崗營長薛芳萬出面，疏通珠山宗親不要採取抗爭行動。阿萬銜命馬上趕赴珠山勸說兄弟叔侄好歹給他一個面子，僅獲一半首肯，尚有另一半不肯。他立刻轉而拜託我參與幫忙，我當場答應全力協助，義不容辭，並迅速付諸行動，當天立即獲致圓滿結果，只因他是我的兄弟，一筆寫不出兩個薛字嘛。俗話說：「地球是圓的，人相拄會著」。真的有這種事讓我給碰上，而且對方竟然就是阿萬。

此因珠山有一戶宗親薛承宙、許明珠夫婦在四十多年前，新婚不久，遇上八二三砲戰烽火漫天，便棄農從商，搬到山外新市里謀生。夫妻倆胼手胝足，白手起家，靠著一台針車為阿兵哥縫補衣服，夜以繼日辛勤數年有成，後來頂下復興路一家店舖，開設建昌衣服百貨行，並且，養育五男一女長大成人，家道從此興旺起來。隨著家境越來越寬裕，他們對於老家珠山的關心更是有增無減，出錢出力，不遺餘力。

二十多年前，珠山大道宮重建落成，舉行奠安大典，全村暨全族盛大慶賀，薛氏族人不分男女老少、浯島台灣，齊聚珠山歡騰，為珠山四、五十年來所僅見的盛典。奠安所需經費龐大，除依各家戶人口數分派外，尚差一大截，主事者只好再發起自由樂捐，他們聞訊慷慨解囊，立捐新台幣十萬元整，為全族、全村之最，奠安慶典終能圓滿完成。可他們功成弗居，二十多年來從無德色，至於村中其他公共事務或修橋鋪路有所募款，更是向來不落人後，族人無不讚佩有加。

最特別的是，雖然他們定居山外，終年忙於自己的事業及家庭，較少回來珠山，更鮮少與年幼的我見面。可是，僅僅基於族人之情，他們自小愛護我，從十歲那年起，每逢新年之前一定會贈送我一雙嶄新的球鞋；當時一雙球鞋的價錢昂貴，足可抵得上一戶農家六口三個月的生活所需，而且，只贈送我一人而已，姐姐和弟弟都沒份。即使我踏入社會進入職場工作賺錢了還是一樣，在結婚生子之後，連我的四個孩子也統統有份，一直到三十五歲前後，我一而再、再而三拜託他們不要再送了，因為，他們已經送給我太多、太多，我跟孩子穿都穿不完。

金門因為施行戰地政務，男女自十八歲起一律編入金門民防自衛總隊，以作為正規軍隊的補充兵源，自衛隊員每年均須參加軍事訓練，男子並列入乙種國民兵，因而免服常備兵役，也就不用再當兵。一九九二年，廢除戰地政務，終止軍管，金門一切恢復常態，納稅、服兵役等國民應盡的義務，也完全和台灣相同，因此，金門籍的役齡男子開始高唱從軍樂，走入軍營。

薛承宙和許明珠夫婦最小的兒子叫薛兆興，人長得一派斯文俊秀，個性善良平和，讀金門高職的時候認真學習電腦，熟練中文輸入法，是名快打高手，使用無蝦米輸入法，參加電腦中文輸入檢定，勇奪冠軍，創下每分鐘輸入高達一百二十個字的金門新紀錄。高職畢業後一年，屆齡服役分發到金西師師部連，那知班長和較早入伍的學長，欺他菜鳥軟弱，往往派他公差、雜差一大堆，害得他在本身勤務之外，夜夜熬到凌晨二、三點鐘才睡覺，清晨六、七點又得起床值勤，每天睡眠時間不過五個小時左右，遠遠不敷年輕人所需正常睡眠的八小時。一個月後苦不堪言，每次打電話回家都向父母親哭訴，日子越來越難過，越來越無法承受，雙親聽在耳裡，痛在心裡，為之擔憂不已，不知如何是好？就撥電話告訴我上述情況，問我有無辦法幫忙？那時尚未發生靶場事件，我並不知道阿萬在何地服役？現在擔任何種職務？我老實告以跟軍方沒有打交道，沒有熟人，實在愛莫能助。

斯時，剛巧發生台北市名醫雷子文的兒子在台北服兵役，也是新兵遭受部隊裡老兵的欺負，每次打電話回家向父親哭訴種種不合理的待遇，要求父親儘速解救他的痛苦。雷子文愛子心切，舐犢情深，馬上到處請託人情幫忙，無奈找不到關鍵人士，派不上用場，僅僅耽擱了二、三個月，他的兒子因受不了欺凌便在營區內上吊自殺，這起新兵事件的新聞鬧得很大。雷子文遭受喪子之痛，那堪白髮人送黑髮人，為此身心受創，由於自責無法對兒子及時伸出援手，深感愧疚深重。在處理完兒子的喪事一個多月後的大白天，竟選擇在兒子服役的營區大門外引火自焚殞命，表示對軍方管理無言的、最嚴重的抗議，名醫自焚的新聞鬧得更大，電視上畫面的那一幕，怎不教人怵目驚心，肝膽俱裂！

對於兆興處境的危險，我也常感不安，唯恐發生任何不測，教人如何禁受得起？無奈身為赤手空拳的小市民，我也是無能為力。又過了二個多月，他母親來電話，說兆興在連上打電腦時，發現新來的參三科科長叫薛芳萬，要她問我看看這薛芳萬跟我們珠山有沒有關係？我說有呀！他是我們自家人，比我年輕四、五歲，我跟他很熟的。此時，距離珠山靶場事件也不過十幾天而已，軍方的辦事效率這麼高，我猜想此項職務的調動是論功行賞的意味。她一聽阿萬是自己人，我又跟他有熟，就交代我拜託他能就近照顧一下兆興。

我聽完她的交代點頭稱是，立刻就撥電話到師部找參三科長，話筒那邊旋即傳來熟悉的聲音道：「我是薛芳萬，請問哪一位找我？」我說：「科長，我是阿千，你什麼時候榮調新職呀？」他回說：「大哥，是你哦，我剛調來這裡三天而已，你找我有事嗎？」我就談起兆興服役的事，請他就近幫忙照顧，不要吃虧才好。他說：「大哥交代的事情就是我的事了，我馬上辦。」到了晚上，他打電話告訴我已經把事情辦妥當，他說：「我去他們連上找到連長，明白告知他連上的薛兆興是我的兄弟，受到班上一些不合理的待遇，要連長立即進行了解與改善。連長拍胸部保證，一定妥善安排薛兆興的勤務和作息正常，絕對不會讓他吃一點虧的。」我隨即通知兆興的父母親，他們聽完大為放心。隨後幾天，兆興打電話回家告訴二老，他現在連上一切正常，要我向阿萬轉達感謝之意，直到服役期滿，光榮退伍，他可都是開心又愉快。

我撥電話向阿萬致謝，他說自家人本就應該做的，何須言謝，誰叫我們是兄弟呢！我不由得想起上次他來找我協助，料不到短短一個月之後，竟變成是我去找他幫忙，主客觀的形勢轉變是這麼快、又這麼大。

金防部司令祭祖，珠山人無限光耀。

2000／03／01

第十三回　司令官祭祖和晉匾

民國八十九年的冬至日很特別，跟往年不同。印象中農曆的冬至一向都是落在國曆的十二月二十二日的呀！可是，它卻偏偏提前一天定在國立的十二月二十一日，事實如此，不由得人不相信。然而，更特別的是，冬至日的珠山來了一位將軍貴賓，也是薛氏宗親，那便是現任金防部司令，陸軍中將薛石民司令，於當天上午十時三十分大駕光臨，肩上星光閃閃。薛氏諸位長老身著長袍馬褂，莊嚴隆重地率領全體族人列隊恭迎於珠山村入口處，燃放鞭炮聲響徹雲霄，表示熱烈歡迎之意。然後在眾長老引領下，步行抵達「薛氏家廟」之前的廟埕，仰望家廟屋簷下橫掛著一幅紅布條，貼著金字「金防部司令薛石民將軍祭祖晉匾」，喜氣洋洋，合族同慶。

家廟大開中門，迎接貴賓進入廳堂，開始祭祖，悉依古禮進行，由族老主持，薛司令親自主祭，然後晉匾。司令晉獻後交由宗親即時懸掛正廳上方，匾額通體鮮紅，雍容華貴，亮麗非凡，漆著二個金字「將軍」，典禮肅穆莊嚴歷時一個鐘頭完成，薛司令和全體宗親逐一握手問候並合照後，因另有要公先行驅車離去。這場祭禮真是薛氏族人的一大盛典，也是珠山村的無上光榮。薛司令是江蘇人，掌理金防部未及半載，選在冬至日到珠山薛氏家廟祭祖、晉匾，意義不同凡響，顯見得血濃於水的氏族之情，木本水源之誼，到底五百年前也是一家人。

個人有幸曾於八十三年至八十七年，進入薛氏宗親會為族人服務四年，除了與全體理、監事共同致力於建立組織運作，健全財務透明，更注重連絡宗親情感，增進宗族福祉。並不侷限於金門為已足，更推及於台灣、澎湖、南洋以及大陸之聯繫，由近而遠。首先，珠山薛氏旅居台灣之族人，在薛崇武先生的倡議下，於七十六年假台北縣中和市發起成立「金門薛氏旅台宗親會」，崇武先生並膺任首屆理事長，其成員從台灣頭到台灣尾都有，旅台宗親因此能夠齊聚一堂，共話鄉情。越二年，「金門縣薛氏宗親會」也跟著組織成立，兩會之間保持密切關係，並於八十四年三月二十五日，在珠山召開兩會之間第一次理、監事聯席會議，除了聯絡台、金兩地血緣宗親感情外，便是討論主題：建立兩會之溝通管道及相互支援模式，從此奠定良好的互動基礎。

其次，在八十五年初，透過管道先與高雄縣茄萣鄉的「薛氏文教基金會」聯絡上，再經由茄萣和高雄市左營的「薛氏文教基金會」建立聯繫，互相交換薛氏族譜及會務資料，大家擁有共同姓氏祖先，情同一家。同年八月，我專程遠赴澎湖內垵村拜訪源自珠山第十三世薛仕乾的後裔，尋找分枝，內垵也是薛姓居民群居的聚落，如同珠山一般。雙方的族譜前五篇文章內容完全一樣，其昭穆輩份的排序也完全相同，可見得血脈相傳，自然是情同手足，見面份外親切。

每次從台灣回金門，到家後的習慣是先喝杯茶，並順便看看當天的「金門日報」，這一次也不例外，很快地看完新聞後預備要合起報紙時，偶然間瞥見社論裡有一篇很長的題目，定睛一看是「金門各氏族應該組團到台灣尋分支」共有十五個字，好長喔！標題挺鮮活的，一睹為快吧！文章從中國人重視傳統倫理談起，中華文化的傳佈，由中原到南方，過金門再到台澎，金門成為大陸與台灣之間的中繼站，台閩一家的史蹟斑斑可考，系出同源。沒想到，如今在台灣卻出現排斥金門的謬論和聲浪，比如說金門撤軍論，究其緣故在於兩地人民缺少往來和了解。解決之道，可由金門各氏族以根源的立場組團到台灣尋找分支，以增加同宗、同源的了解及增進親密的關係，庶幾可以消彌彼此間的間隙與隔閡。

立論非常精闢獨到，見人所不見者，而且具體可行，讀完深感佩服。尤其是，其看法與個人的做法，不謀而合，殊感訝異，難道說：這是英雄所見略同嗎！因此，忍不住當場撥電話到報社經理部，待對方接通後便稱讚今天的社論寫得非常好，很有道理，請問是出自何人手筆？對方問起何姓名？個人據實報出名姓，他說是你喔！文章正是他寫的，他是李先生。哦！原來是總編輯，相識的嘛！接著在電話中提出個人已經付諸實施的行動和結果，他頗感興趣當即邀稿作為該文的回應，無奈筆者文章欠學不敢承諾，只說他日若有所心得再作報告。如今事隔四年餘，回憶當年，聊以還債吧！

台北市博士局長，出自珠山將軍第。

2000／09／01

第十四回　珠山將軍第好子孫

日前報載：「二○○四年八月二日，台北市政府新任首長宣誓就職，薛承泰接任社會局局長一職」。哇！好棒的消息，的確是金門人的光采，更是珠山人的榮耀呀！薛承泰原本是國立台灣大學的教授，此次接受台北市長馬英九的邀請出任台北市政府社會局局長，局長一職為比照簡任第十三職等之政務官，乃國家之高級公務員，職責重大，不愧是學而優則仕的典型，忝為同宗同村之親，珠山薛氏族人亦深感與有榮焉。薛承泰就是屬於珠山「將軍第」內清朝將軍的後代，端的是將門虎子耶！將軍第的主人是清代薛師儀，歷任水師參將、金門協鎮、金門總鎮，受封為「武功將軍」，金門總鎮一職相當於現代之金門防衛部司令。

我曾閱讀過最新版，於一九九一年編印的《金門薛氏族譜》，書中提到珠山薛氏子弟獲得博士學位者不乏其人，有薛承籌獲頒美國加州大學經濟學博士，薛重凱獲得美國林肯大學電子工程博士，薛芳谷獲美國哥倫比亞大學物理學博士，這三位都是旅居新加坡，在當地讀完大學後赴美留學有成者。書中還特別提到將軍第薛師儀的後裔第三代薛國華一家有子女六人，學業成績優異，有好幾人從台大畢業，其長子薛承輝台大畢業後負笈美國，於一九八二年獲頒加州柏克萊大學材料工程博士，之後，又留在美國從事博士後研究。其次子薛承泰隨後亦自台大畢業，遠赴美國留學攻讀，于一九九二年獲得威斯康辛大學社會學博士，隨即束裝返台回到母校擔任教職，在一九九七年升任正教授，二〇〇三年出任台大「人口與性別中心」主任。

一九九四年，我偶然當選金門縣薛氏宗親會理事長，除了積極推動會務外，也注意連絡珠山旅居台灣的宗親，透過設立在台北縣中和市的「金門薛氏旅台宗親會」，得到該會的會員通訊錄，獲知薛承泰已在台大任教二年。我便打電話到學校他的研究室跟他取得第一次聯絡，他得知我是來自金門珠山的同宗鄉親，頓感親切與高興，互道年齡後方知我比他年長一歲，但是，讀書的年別剛好是國中和高中的同屆不同校。通過電話之後，我便把手上有關薛氏宗親會的會務資料及會議紀錄郵寄到他的學校，一周後我再度撥電話問他有沒有收到，他回說已經收到也看過一遍，深表欣慰，他說能藉由這些資料了解一下自己的故鄉真好，如果還有新的訊息希望能再寄給他一份，並且相約有機會大家在台北或金門見個面互相認識。

隔年夏天，他應金門縣政府之邀返回金門，在大同之家發表專題演講，演說之前他先打電話予我，告知人在金門，相約十一點正在大同之家活動中心二樓碰面，我一諾無辭，說定準時到達。我抵達後不久，會議室門戶大開，人群湧出，遇到有相識者相互打個招呼後，就從我身邊擦肩而過，我也不知道哪一位是薛承泰？直到人潮散去，只剩三、五個人圍著一個滿頭銀髮光亮的先生談論著走出來，誰知這位白頭髮者瞧見我獨自一人站立佇候，就對著我筆直走過來說：「我就是薛承泰，請問你是不是薛先生」？

我說：「正是，正是，我就是在早上接到你的電話告知你回來金門，約我在這兒會面，剛到一會兒。想不到你比我年輕，頭髮卻是全白，而且白得發亮，髮根到髮梢通體如雪白銀絲，毫無黑色或雜色，真是漂亮又充滿智慧。而你的臉皮白皙，如同嬰兒一般細嫩，真正是童顏鶴髮，難得一見，是我生平中所僅見過，獨一無二的」。他聽完握握我的手，笑著說：「你第一次看見我，光看我的頭髮，肯定會以為我是個五、六十歲的老頭子吧！哪曉得我竟然還比你年少呢？好玩吧！中午，我們一起吃個便飯，順便多聊聊，好嗎？我已經在昔果山餐廳訂了二桌菜，請一些朋友和學生吃飯」。我說好啊，本來應該由我作東才是，既然你已訂好桌，我就充當你的客人，反正我們本是自己人，不分彼此，也不用計較誰當主人或客人。

下樓後，民政局的蕭先生陪著承泰坐上汽車，我騎著機車一同出發，到達餐廳後，已經有十來位學生在場了，承泰就招呼她們入席坐同一桌，再招呼其他人坐另一桌，隨後工務局張局長也抵達入座。承泰便把我拉過來跟學生同桌坐在一塊，說這樣比較有時間和我多談一些家鄉的事情；又說他手上有一件縣政府委託作田野調查的案子，所以，利用暑假請這幾位大學生幫忙進行，大致上都快完成了，今天順道請她們一齊吃吃飯，聊表謝意。

上菜之後，我就對每位同學敬酒，他們是以茶代酒，有本地人，也有台灣人，其中一位說認識我，她叫薛奕鳳，我說哎喲！我們認識十幾年啦，妳是阿龍的妹妹嘛，怎麼一讀大學，就變成大小姐了，害我都認不出來，問她唸什麼學校？她說就讀國立新竹師範學院一年級。承泰看我敬完酒，也跟著敬了大家一杯，說：「我知道妳們一定很想要問我的頭髮是在哪一家美容院染髮的，對不對？等一下我會把我家巷子口那家美容院的地址告訴大家」。

他談吐幽默，餐會的氣氛頓時輕鬆活潑起來，惹得那些女生們笑逐顏開，個個腸胃大開。然後，他便對我說：「我老家在珠山，出生於後浦東門貞節牌坊前面，八二三砲戰時舉家遷到台北縣中和鄉的金門新村，父親樓開設一家雜貨店。我們兄弟姊妹五男一女，有四人是唸台大畢業的，我排行老二，大哥承輝讀書的學業最好，從小學到中學和大學都是以第一名畢業，他到美國留學得到材料工程博士學位後，就留在美國工作。當時正好是材料科學大放異彩的年代，他不但能學以致用，又繼續從事博士後研究，並留在美國田納西州『國家科學研究室』工作，裡面的學家大都是西方人，東方人百不及一，殊為不易喔！

在我們家裡，是祖母在當家，很有權威，凡事若不先經過她老人家首肯，是行不通的，我母親每日都須按時晨昏定省，一點馬虎不得。雖然，我們離開珠山幾十年，甚至遠赴美國求學好多年，可是，我的內心仍然懷念自己生長的故鄉所在，經常也會思念起珠山的風光景色，以及我們家那所赫赫有名的『將軍第』房子。因此，每當我接到你寄來的資料，我都倍感親切，好比遊子回家的感覺。只是很慚愧，因為工作的關係遠離金門，對於家鄉的事務無法親自參與，深感不好意思，只好多多偏勞在故鄉的你們，若有需要我幫忙的地方，請儘管通知我，也好讓我盡點心力」。飯罷，他便驅車直赴機場，搭機返回台北。

從此以後，我總會把一些宗親會的資料寄給承泰，有時也會撥電話跟他問候一下近況，一直到一九九八年初，我在宗親會任期屆滿辦理移交後，便自動停止交寄資料予他，只有偶爾與他通個電話。到如今，一轉眼已經過了六年多，今日能看到他由學界轉換到政壇，不愧是學而優則仕，而且，又是他所擅長的社會福利方面的專業領域，相信必然能夠一展長才，造福台北市民。

信不信地理師由你，靈不靈光當場試驗。

2004／08／27

第十五回　信不信地理師由你

做生意投資大事業者，無不希望一切順順當當，一帆風順，招財進寶，創業穩定有發展，將本求利，大發利市。所以，在開工前或開業前，大都會重金禮聘地理師到公司或工廠定格局排風水，至於是否靈驗？局外人則不得而知。做長官的也盛行此道，走馬上任後的第一件事，就是請來地理師到辦公室調整風水，趨吉避凶，是否靈驗？在他離職後倒是可以做一番論定。

一般市井小民，則是到卦攤占卜，問問事業何時有成，婚姻何時有緣？等而下之的村夫村婦，請不起地理師和算命師，只能到廟裡去燒香拜佛，祈求神明保佑一家大小平安，即是最大的心願。對於看地理，常聽長輩的告誡：不可不信，不可盡信，尤其是不可鐵齒。聽後一知半解，似懂非懂，叫人家要信，又叫人家不要太信，真是模稜兩可，信與不信端在個人的認知之間耳。

我原本鐵齒，不來這一套，可也不反對別人去求神問卜看風水，自認勤儉奮鬥過一生，足夠安身立命就可以。既不追求名利、權位及財富，也不想預知未來的人生是順境或逆境。一切盡其在我，成敗、得失或吉凶悔吝，在非所計。十年前，我買地自建房子，自己設計建築圖樣，聘請土木包工業按圖建造，為了自行設計，我跑遍金門上百棟建築中的新屋去觀摩，參觀同事及親朋好友已建好的新屋數十棟，自己畫圖達一百多張才定稿。有蓋過房子的朋友再三給我警告：佛廳的格局不能犯「桶盤」的錯誤，否則，後果非常嚴重的。桶盤的意義，是佛廳的寬度大於深度。

我很鐵齒，執意要把佛廳改成桶盤，至於後果如何，且拭目以待，我願意一肩承擔。但是，我敢於作此改變，是有所本、有些道理的。因為，桶盤的緣故是來自於傳統閩南式建築規格，我自小出生及長大於閩南古厝，深知佛廳專為供奉和祭祀列祖列宗及神明的所在，是一棟房子的重心。因為閩南古厝的格局是橫式，寬度大於長度，一進叫一落。所以，佛廳不能再採用橫式，必須改採直式，長度要大於寬度，違反此一寸白的規格就叫桶盤。但是，在金城鎮裡國民住宅是連棟式的，房子長十三公尺寬七公尺，形式是直條式而非橫式也，與古厝的基本格局相比，兩者剛好相反，古厝的佛廳規格自然也不能適用於國宅，其理至明。

雖然房子已蓋好入住，一家大小平安無事，我仍將這項疑問擺在心底，留待日後有機會再就教於地理師。五年前終於有次機會，知道同鄉地理師薛芳坤兄在台灣頗負盛名，也深受台金兩地宗親的信任，恰巧返金，我自小與他在村中相識，便請他到舍下飲茶敘舊，到家後先引領他到三層樓逐層參觀，最後到四樓的樓梯間，是作為佛廳使用的。我只靜靜地帶他參觀，也不動聲色，一路上他總是東張西望，看高看低的，我知道他在看什麼玩意兒。

看完後才回到一樓客廳奉茶，我輕輕的問他說我這間房子的風水有沒有什麼缺失？他回說風水很好，沒有任何缺失，最好的地方是佛廳外面有一大片陽台，那是陰陽交接的場所，日月精華集氣和磁場交流的場地，再好沒有了，主人丁興旺，財氣聚集。我又問他佛廳是不是桶盤呢？他說不是，沒有問題。聽他這一講，我心中擱了好幾年的一快石頭終於可以卸下了。

一九九五年春天三月百花盛開季節，鄉村到處鳥語花香，我在珠山活動中心召開台、金兩地薛氏宗親會第一次理、監事聯席會議。當天下午旅台宗親二十多人搭機返金，我們派車、派人前往接機，下榻於珠山大飯店。當時浯江飯店尚未開幕營業，珠山飯店的設備豪華、服務親切、庭園景緻雅觀、還有草皮花園及游泳池，俱屬全島首屈一指，珠山飯店生意因此非常搶手喔！宗親們抵達後，我便陪同他們漫步參觀飯店全景，人人讚不絕口，深表欣慰，看到宗族產業讓租與業者經營得如此氣派堂皇又頂尖，真是與有榮焉。

但是，其中有一位地理師的宗親，在台灣及南洋一帶素來享有盛名，聲譽興隆。他看完後把我拉到一旁無人的角落對我說：「我告訴你一件事，有關於這家飯店的風水問題，只跟你一個人講而已，但你必須保証不告訴任何人，我才要和你說」。我說：「我做人最守承諾，絕不食言，我答應你絕對不會告訴第二人，你請講吧」！他說：「我看這家飯店的風水有問題，非常不利，到三年後的虎年就會倒閉，不信你等著瞧好了」。

三年來我信守諾言，從未跟村人、長老、其他人或理監事透露過此事。直到一九九九年農曆正月初九「天公生」，我依照往年之例到太武山登山拜佛，下山返回辦公室，撥了一通電話向珠山飯店會計小姐吳佩蒂拜年，隨後便談起此項風水往事，我說：「去年是虎年已經過去了，珠山飯店也沒有倒閉，現在還不是經營好好兒，江湖嘴糊累累，可見得是一派江湖術士之言，不足為信」。

沒想到，吳君很冷靜地回我一句：「那位地理師說的沒錯，那件事情正是發生在去年，飯店等於倒閉了」。我驚問道：「發生了什麼事」？她答以：「珠山飯店去年召開全體股東會議，結果所有董事全部撤資，只剩下董事長一個股東而已。因為，飯店如果賺錢，股東越少越好，分配利潤越多；但是珠山飯店歷年來虧損累累，股東越多分攤越輕，現在股東全跑光了，只剩下一個人，如何支撐得下去？隨時都會宣布倒閉的，眼前只是硬撐而已，可是撐得越久，賠得越多呀」！哦！原來如此，這位地理師的道行還真厲害，不但能看出端倪，尤其能看出未來的時間點，能不信風水師嗎？

同年春天某日，我在珠山喜宴上和古崗地理師董金定先生同桌用餐，他年長我二十多歲，平素很愛護我、誇獎我，每次到他家，他的度量恢弘，凡是有好菜、好酒，總是捨得拿出來招待身為晚輩的我。席中，他說自己也會給人家看面相，於是，同桌的人紛紛要求他看相，回顧以往及預測未來主何時吉凶如何？看完後每個人都說看得準、說得準，最後，他順便要替我看相，我當場婉拒說：「我知道你看得很準確，但是，我的記憶力很好，過去的我統統知道，未來的我不想知道。我認為也堅信事在人為，凡事只要盡其在我，無須知道以後的吉凶悔吝和得失成敗」。

次年的春天，我在自家巷子口跟鄰居林國安聊天，談到一半，來了一部計程車停住，下來一位司機年約五十餘歲，精明幹練的模樣，他和林君熱烈地討論好一會兒，我靜立一旁也聽不懂他們談話的內容。直到半個多小時才告一段落，林君就為我們作介紹，說這位是鄰居，在中華電信公司工作：跟我說吳君白天開計程車為業，晚上在金門晚報寫稿，寫一個專欄講風水問題，非常受讀者歡迎，也會看面相。

這時候，我很自然的伸出右手準備和他握手，他也立刻伸出來握手，甫一照面，他就滿臉訝異地對我說：「你這個人有企圖心，你是有所企圖的」。我笑笑說：「你看走眼了，我只是公司裡的一名工人而已，日子過得平淡、平常、正常，哪有什麼企圖可言」？前年，正是我離開宗親會事務一年餘，交際應酬極少，生活消遙得很，升官沒有我的份，發財也不會有我的份，我有啥好追求的？我有有何企圖可言呢！

土地捐贈宗親會，無錢繳納增值稅。

2001／08／01

第十六回　土地捐贈宗親會不得

我給薛氏宗親會理事長薛祖耀說「祖耀：五月十二日我已經把切結書簽名交給你，以便辦理燕南山段那三筆土地更名的手續，至今二個多月，不知道進度如何？我預訂下月初出遠門，你能不能加快速度」？祖耀說「早安，叔公祖：關於那三筆土地目前碰到問題，宗親會沒有法人登記無法做為受體，財團法人不在這次條例修改的對象裏。我有跟地政局反應這個問題，因金門這種情況也很普遍，他們還要再研議如何解套，或許比較簡單的方式就是宗親會去做法人登記，但會讓我們變成有二個財產管理單位，這對於已經沒什麼年青人出來參與會務的情況下，會是個很大的負擔，如果有進一步消息會再知會您」。

我說「既然無法解套那就算了，你把所有權狀拿回來吧，我決定退回地政局」。祖耀說「地政局不會接受您的退回，不過，您可以再問問看地政局，關於我說的部分是否正確？我怕我的認知有遺漏了什麼」。我說「地政局會不會接受退件？我也不知道，但是我總要去試試看呀！這件事你已經盡心盡力了，辦不成也沒有話講了，你把權狀拿回來就好」。到了中午十二點，祖耀把三張土地所有權狀拿到家裡來歸還。

隨後我諮詢了一下從地政局退休的同學鄭易明這件事情，我要把所有權狀退回地政局行不行？他說當然可以拋棄，只要帶上身分証及權狀，填寫申請單就可以，他讓我到了地政局的時候通知他一聲，他會請林課長協助辦理。下午四點我到地政局找到林課長，他說鄭易明有來電話交代，就請我坐下來協談，他說申請拋棄很簡單，但是只要一填報後這土地就發生轉移，地主再也無權干預了，茲事體大，土地就變成國有了。這兩天薛祖耀有來洽談過這件事情，按照去年通過的金門自治條例有更名到社團法人這一項，就不必繳納土地增值稅，但是，薛氏宗親會只是縣政府登記有案的社會團體而不是社團法人，要走更名這一項就必須再向法院登記為社團法人。

如果要過戶為財團法人薛氏基金會必須繳納土地增值稅，這三筆土地三千平方公尺要繳二百多萬元，先要去籌措財源，或者處分宗親會手上的現有土地。再說現如今要登記三平方公尺的土地都是千難萬難，更何況是三千平方公尺，你要今天拋棄三筆土地非同小可，建議你先緩一緩，跟宗親會再商量一下彼此可以接受的方案，我們也會跟薛祖耀協調一下，避免造成你們巨大的損失，無法挽回的損失。最後我同意今天不申請拋棄，暫緩一段時間再確定處理的方式。我說自從二〇〇一年持有迄今二十三年，也該做一個了斷才是，這是經過深思熟慮所做的決定，並不是一時衝動，也不是意氣用事。交談半個小時後回家，我立馬向鄭易明會報這個過程，他說他也是贊成今天不要馬上辦理拋棄，事緩則圓，希望能達成更好的方案。

此事緣起於二〇二二年九月四日我在家裡把燕南山段那三筆土地所有權狀，交予薛氏宗親會理事長薛祖耀，要求他盡快在一兩年之內辦理捐贈宗親會，如果辦理不成應予歸還本人。

金門喪葬風俗，且看族長下葬。

2024／07／31

第十七回　薛氏族長身後葬禮

那是一九八九年冬天的某一日，我突然接獲珠山宗親打來電話說：「芳成落仔停止進食一周，快要去世了，各地的親同都紛紛趕回珠山來探望他，你要趕快回來看他最後一面，要不然就沒有機會了」。哇！這麼一道生離死別的信息，直教人膽顫心驚不已。掛上電話之後，我立刻騎上機車飛也似的衝回珠山七十三號，進門後到大廳，就看見芳成嫂及其媳婦、女兒、內外孫兒都是一臉哀傷，滿臉肅穆的坐在廳裡，卻看不到芳成兄。

我便輕輕地問：「芳成嫂，芳成兄人在哪裡」？她抬頭瞧我一眼說：「你回來了，芳成在櫸頭，我帶你去看他」。說完，她就站起來領我到大廳右前方的櫸頭仔，只見芳成兄仰躺在一張小床上，身上蓋著棉被，雙眼緊閉，神態安詳，毫無一絲病容，更不像是生命即將走到盡頭的模樣，跟我在春天與他見面時殊無兩樣！芳成嫂對著他說：「芳成呀！芳成，你張開眼睛看看，是誰來看你了」？我馬上趨前站在床沿，凝視著芳成兄，但他並沒有睜開眼來。芳成嫂又再重復說了一遍，不久，芳成兄才緩緩張開眼睛，靜靜躺著望向我，我趕緊說：「芳成兄，是我啦，我來看你，你要卡保重」。他輕輕的說：「喔！阿千是你喔，咱倆個是好厝邊喔」！我隨即接著說：「是呀！是呀！我們是幾十年的好厝邊」。他聽我說完後又安靜地閉上雙眼，我看了不敢打擾他，就跟芳成嫂說：「讓他休息，我們出去吧」。

回到大廳，我才請問芳成嫂：「芳成兄身體一向都很健朗，精神很好的，今年春天我還和他一起站在珠山大潭圍牆邊聊天談過話，怎麼會一下子就變樣了呢」？她說：「他在秋天開始感覺身體不舒服，精神便越來越差，到了冬天更是走下坡，他又不喜歡看醫生和吃藥，直到上周起更拒絕所有的飲食，每天只喝一、二口水而已，眼看著再也捱不過幾天光景了」。我又問她有什麼事情需要我幫忙的嗎？她說那倒沒有什麼要麻煩的，凡事每日都有村裡的族人前來看望和幫忙，只是芳成在前幾天已經交代如何料理他的後事，不曉得到時候要不要照他的意思辦理？我立即問她如何交代。

她說：「他交代喪事不要鋪張，一切以簡單為要，第一，壽板選用普通木材即可，不需要用上等的檜木。第二，出殯時不要搭設靈堂，只擺祭桌和供品。第三，家祭和公祭完畢，壽板不要遶行鄉社，直接將壽板扛出社上車，送到公墓去。第四，下葬時不要點主，填好砂土便把神主牌請回家」。我說，這幾點在我們村里一般都會按照往例辦理的，如今他卻吩咐全部要取消，倒是以後需要大家合議和商量才是。

在人生的每一個年齡階層中，對於同一件事情往往會有相同或不同的看法及做法，但是對於重大事務如生命者，居然也會有不同看法，令人驚訝不已。一般常以每十年為一階，十年前或二十年前，看待生活上或生命中某一事項，有時候跟今天並不盡相同，甚至剛好相反。俗話不是說：風水輪流轉，三十年河東，三十年河西嗎？芳成兄是典型的農夫，從小務農維生六、七十年，勤儉勞動一生，過了八十歲仍然身體硬朗，身材頎長，精神奕奕，絕無中年人發胖發福之現象，更無任何老年人常見的疾病，長命百歲應是理所當然。不料，一場小小病痛，竟生厭世之念，究其故，端在於芳成兄對於生命的看法淡薄，毫不眷戀！

過了二天的下午，我又接到電話來說：「芳成落仔今日老去了」。我一看日曆，是新曆一九八九年十二月十四日（星期四），舊曆十一月十七日，已經靠近冬至。芳成兄辭別人世，壽終正寢，享年八十三歲，已經進入耄耋之年的高壽了。我立刻騎機車奔回珠山，只見大門已懸掛白布條，院子和大廳站滿了家屬和親同在忙碌著，遺體還沒有入殮。隨後，我看見芳成嫂被宗親們請到院子裡開始討論喪事如何辦理？

芳成嫂便將芳成兄所交待的後事辦理原則覆述一遍，雖然大家事前都已經曉得，但是依照常理和慣例，實在不能夠接受。有人說芳成落仔是村中鄉長，也是薛氏族人的族長，喪禮不能太隨便，更不能太簡陋。何況，他生前主持村中公共事務長達五十餘年，排難解紛，一言九鼎，年高德卲，無人能望其項背，正應該在喪禮中表現出他的份量和對他的尊敬才對呀！眾人說詞均趨一致，再三強調喪事必須符合他的身份、肅穆隆重與備極哀榮的精神。無如芳成嫂再四要求尊重死者，不要為難生者。最後，在芳成嫂同意棺材改用檜木之外，其餘均遵照囑咐辦理。

說起薛氏族人的宗法組織和族規，在一九三七年對日抗戰以前是存在的，自從日軍佔領金門後，珠山人口逃亡過半，迨抗戰勝利後，組織及族規均告瓦解。原本薛氏族人區分五房，每房各推選一名德高望重者出任房長，遇有重大事故時召開房長會議決定之，採集體合議制。因此，五位房長有時稱鄉長，亦有稱為族長。芳成兄即使不是一族之族長，至少亦是一房之房長。雖無族長之名，卻有族長之實，舉足輕重的影響力，並能普遍贏得珠山村人及薛氏族人的無比尊崇。

出殯那天中午，告別式設在薛氏家廟正前方的下三落埕，果然沒有搭建靈堂，也沒有那些琳瑯滿目的輓聯和祭幛，祭拜完畢，出殯隊伍也不遶行村莊，就直接把棺材扛出村外靈車上送往金山公墓。我是十六位抬棺者之一，必須跟著靈車到公墓，下葬時棺材放入壙中後即刻回填砂土，也沒有請任何人來點主。靈車返回村裡不過下午二點鐘左右，送葬親友吃過便餐後各自回家，至此整個喪禮圓滿結束。這是我有生以來，所參加過無數次葬禮的記憶中，最特殊、最簡單隆重、印象最深刻的一次。而且，事後回想起來，我認為這場喪禮也是最符合芳成兄一生做人處世的簡樸原則。還有，對於當前流行的喪葬禮儀，也能起著一種標竿和導正作用。

近年來，告別式的式場文化大量引進來自台灣的殯葬文化，充斥著浮誇、花俏、低俗和商業化；反而把原來金門古樸儉約的喪葬文化排擠掉，差只差沒有電子花車和脫衣舞表演而已。台灣葬儀社操弄殯葬禮儀，主導喪家的一切喪禮儀式。並進而挾著其強勢文化，對金門的葬禮施行同化，頓使金門的式場文化失卻原貌和精神，頗令有識之士長懷心有戚戚焉之感。屢思對於當今喪禮有所改變和改進，卻苦於無從下手，無能為力，坐視台灣文化的入侵和氾濫。如今，芳成兄的這一場葬禮正是重新樹立典範，讓它回到原來質樸的道路上，豈不聞「社會風俗之厚薄繫乎一、二人之間耳」！旨哉斯言！

芳成兄主持珠山各項紅、白事務長達五十年，熟知各種禮節和喪葬事宜，一切遵循慣例辦理。所謂：新例無設，舊例無除。凡事大都依循舊例，依樣畫葫蘆，即使某些成例已經變質或失去原有精神，也極少會加以更動。想不到，他對於別人的葬禮均如往常料理，但是，對於自己的後事，卻堅持預先作出安排和指示，絕不鋪張，而且，又是大異於當前的常例，回歸到更早期的淳樸葬禮習俗上。讓我們在詫異之外，不得不有所省思當下的喪禮，是否有值得檢討和改進的地方？這一場葬禮打破現今的四不像喪葬文化，回復到原來簡單隆重、肅穆莊嚴的告別式，誰曰不宜？芳成兄以身作則，為世人行不言之教，當然會有一定程度的啟發作用。

芳成兄年長我四十八歲，等於是兩代人的差距了，好比是分屬於兩個世代的人。他家的正前面六十八號是薛芳世兄，我家六十九號在芳世兄左側，位於芳成兄左前方，正是左鄰右舍的厝邊頭尾。從十歲起，我就開始跟著雙親下田幫忙農事，才知道有些田和芳成兄的田地相鄰，阡陌相望，所以，田頭田尾我們也會在一起除草耕種、挑水澆菜。因此，不論在村子裡或田埂邊，我們經常會碰面問好打招呼，只不過因為他的年紀比我父親還大，而我又那麼年小，所以都是我先開口問早，問吃飯了沒有？他總是點個頭或簡短的回答一聲，從來不再多說一句。

漸漸的，我就知道這便是他的個性，然後，我又發現到村人之間若有爭執發生，雙方爭得臉紅脖子粗之後仍然無法解決時，便會有人提議到芳成兄家去調解，有時候二個人去，有時候三、五個人進去。每一次出來後，雙方即使不是握手言歡，至少也是心平氣和接受調處方案，絕不再惡言相向或繼續爭吵。原來，沉默寡言、謙沖為懷的芳成兄，竟然具有這麼神奇的調和能力，能夠讓兩隻鐵公雞變成和平鴿，實在了不起。只可惜，我從來沒有機會在現場觀察或聆聽過，真是引為一大憾事！

珠山是一個薛氏單姓聚落的鄉下農村，居民之間雞犬相聞，守望相助固多。但因細故爭吵而生嫌隙，也是在所難免，爭執雙方訴諸官府，勞民傷財，常見落得各打五十大板之結局，難平兩造之怨恨。所以，珠山自開莊以來，即設置房長會議的組織，擁有調解族人糾紛的任務和權力。並且，立有族規嚴格施行，如有觸犯時亦交由房長會議進行聽取說明後予以制裁，如驅逐出鄉，不許居住本鄉。直到抗戰勝利金門光復後，原有宗法組織權力不復存在，族規亦廢棄不用。自此遇有爭端，僅能尋求個人進行調處，因此，調處者人格、品德、見識和公正性，自然必須要能獲得雙方之信賴，調解方案才會有效果可言。

芳成兄就是在此種背景下，一件一件的妥善調解，深受雙方當事人的信任不疑，日積月累，逐漸建立其公認的處事品牌和個人聲望，進而成為珠山人一股安定的力量，歷經五十多年來，達到巔峰境地。除了芳成兄之外，珠山再無第二人具有如此崇高的能力和地位，非但無人能夠取代，甚至無人能夠比美。此外，從他的生活作息當中，我們亦深知他勤於農田耕作，儉於飲食享受。凡有事到後浦辦理，他必定安步當車，不論夏天馬路有多熱，也不管冬天馬路有多冷，一概打赤腳徒步從珠山走到金城。辦完事再走路回家，從來不騎腳踏車或搭乘公車，每趟來回路程大約需時九十分鐘，幾十年來未曾改變過。

目睹他的起居規律，勞動有時，身體健康得很，精神矍鑠。加上他的個性惜言如金，當他站在你面前，未開口便自然形成一股威嚴和懾人的氣勢，任何人都不敢在他面前隨意放肆。可是，當他開口說話時，語氣卻是非常溫和、態度也是十分親切，從不曾見過他疾言厲色或暴躁發怒，這不正是望之嚴然，即之也溫嗎！想當年，「大埕仔」在村中橫行霸道，對村人動輒破口大罵、拳腳相加，目無尊長。人人畏之如虎，避而退之，珠山被他蹧蹋得一塌糊塗，一片「臭青荒」之景象。芳成兄遇之不稍加任何詞色，更無須閃避，渠亦不敢張牙舞爪。

在農業時代，鄉村與鄉村之間各有界址分隔；但是村內人與人之間因生活起居和耕種謀生的因素，常有重疊交錯之處，人我之間的界線模糊不清，爭端因此而起。即使在單一姓氏的珠山，鄉親既是宗親，村人便是族人，多了一層昭穆輩份的關係，然因細故致起衝突者，勢所難免。有衝突就有化解之必要，倘若尋求官方解決，曠日費時又費錢財，況且難得公允合理之調解方案。所以，當事人雙方乃因合意而共推村內一適當人選作為調解人，歷經三、五次調解成功後，累積相當口碑和信任，此位調解人在族群中便自然而然具有其特定功能及地位，甚至成為族人中的自然領袖，芳成兄即是此一模式形塑出來的。

十四歲那年（西元一九六八年），我就讀愛華國小六年級，我家正對面那座被八二三砲彈擊中後破損不堪的「大道宮」進行修建。可是，二位負責人疑因收取承包商之回扣，竟將宮中龍虎井一併用水泥灌漿灌成樓板，導致宮內黯淡無光，不但大失原貌，而且不堪使用。更因監督不週，被包商艾某人偷工減料，草草完結。鄉人薛永化憤而赴內政部福建省調查處舉報不法，後經族長芳成兄出面勸解，才又撤回舉發而落幕，但還是難杜眾人悠悠之口的指責及議論紛紛。

此次修建工程失敗，依然耗資新台幣十一萬八千餘元，其捐款來源如下：一、旅菲宗親六萬二千六百元。二、旅星宗親一萬五千二百元。三、旅台宗親一萬八千四百元。四、金門宗親二萬八百元。合計募得十一萬七千元，盡付流水，該二位主辦人實在難辭其咎。俗話說：近廟欺神。原來並非僅指居住位置而已，還包括參與寺廟事務在內，彼等仗著信眾對神明的信賴，膽大妄為，遂行其個人之私慾，令人不齒，真是欺神太甚矣！所以，對於從事寺廟公共事務的人員必須加以適當的監督，以斷絕不肖人員藉著神明上下其手，中飽私囊的機會。

次年，我唸金城國中，為了求學方便移住到金城北門玄天大帝宮口（北鎮廟）大姐夫萬國汽車修理廠暨住家。因為上學，整天穿著學生制服及膠鞋，跟在老家讀國小時成天打赤腳的生活習慣不同，因此不到半年，雙腳就患香港腳病。兩隻腳底和十根腳趾頭都浮腫、潰爛，疼痛難當，深受舉步維艱之苦。有一天我回珠山碰到芳成嫂，她看我走路一腳高一腳低的怪模樣，問是何故？我答以醫生說是香港腳，給我藥膏擦也沒有用呀！想不到，她居然說得比醫生還靈光，她告訴我說：「你十幾年來在家裡都沒有害過什麼香港腳，怎麼人去了後浦，腳卻跑到香港去了。依我看，一定是跟你每天穿鞋子有關，那種橡膠鞋子不透風，汗水及腳氣無法散發，就會滲透到腳趾頭與腳底下，你最好是放學後就趕快脫掉鞋子，然後光著腳丫到泥土裡去踩踏一段時間，說不定就會自動好了」。

我將信將疑，抱著姑且一試的心理按照芳成嫂的說法去做，沒想到一個月後，我的香港腳竟然不藥而癒，我又能夠活蹦亂跳的在籃球場上馳騁，真是不亦快哉！原來，芳成嫂是這麼富有生活智慧，令我好生敬佩。果然，事事留心皆學問，她從我生活習慣上的改變來觀察和判斷，就知道我的毛病是由何而來，以及如何去除這項毛病。從此以後，我輕易不再穿上鞋子，不論球鞋或皮鞋，也沒有再患過香港腳，我因此養成穿拖鞋的習慣，能不穿鞋子最好甭穿。

二十九歲那一年（西元一九八三年），再度重建「大道宮」，由族長芳成兄主持，將上次工程全部打掉，重新建築，依照原貌修建，費時二年完成，共計花費新台幣一百四十六萬多元。落成後並舉行奠安及開光慶典，開支八十九萬七千餘元，盛況空前，為珠山百年來之一大盛事，轟動全島。時任縣長伍桂林，應邀蒞臨觀禮，稱讚有「世家風範」，為鄰村所不及。芳成兄處裡大道宮事宜，化解官司於前，又圓滿完成重建於後，功勞及苦勞廣受鄉人的讚揚。不過，他功成弗居，又絕無德色，從未以此驕人傲人或自得自負，一切都是那麼平淡、平常，理所當然，在平凡中顯得那麼真實和自在，這份修養多麼難得，多麼可貴呀！

一九八九年四月十六日，金門薛氏族人發起設立「金門縣薛氏宗親會」，我僥倖當選第一屆理事。可是，我發現到芳成兄並沒有進入理、監事會，也沒有獲聘為名譽理、監事或會務顧問，將是宗親會最大的一項損失。雖然，芳成兄年高德邵，德高望重，又素孚眾望，正是新誕生的宗親會最切切需要倚重的自然領袖。無如剛當選的負責人既無聲望，更無度量，不此之圖也！我就是在薛氏宗親會成立之後回到珠山時，看見他獨自一人站立珠山大潭池邊，望著潭中波光粼粼，若有所思的樣子，我從他背後瞧到孤獨的身影，卻無從知道他的內心世界，因此，便走上前向他問候。我又請問他，我小時候在夏天月光的晚上，一大群小孩子最喜歡在大潭邊嬉鬧，離開珠山搬到金城住了二十年，不曉得現在的夜晚，是不是還有小朋友在潭墘玩耍？

他說：「才沒有呢！你看現在珠山村裡到處房屋倒塌，雜草叢生，一派荒涼破敗景象。到了夜晚，家家關門閉戶，個個足不出戶，哪有小孩子會出來玩耍？又沒有路燈，入夜後一片漆黑，伸手不見五指，更不見一個人影，人人躲在家裡守著電視看節目，比你小時候蕭條很多。看我們背後這棟七十號房子的右側那棵苦楝樹，長三、四公尺，比房子還高，樹根上面的泥土被雨水沖刷乾淨，一條條都裸露在路面，晚上走路經過那裏非常艱難，很容易被樹根絆倒，你說，怎麼會有人出來走動呢」？說完，不勝感嘆今昔之情，溢於言表！

我說：「是呀！以前我們小孩子都愛在夏日晚上到池邊玩遊戲，看學堂頂（珠山大樓）的阿兵哥來七十號薛芳佳兄開設的『珠峰商店』買東西，或者到前面六十一號下三落薛承立兄所經營的『珠光商店』吃冰，那時節，大人、軍人和小孩人聲鼎沸，好不熱鬧唷！要到十點鐘實施宵禁後，才會安靜下來，撫今追昔，的確讓人興起無限感慨」！這一次談話，是我一輩子所聽過芳成兄說話最多的一次，當時我不過才三十五歲，見識有限得很，無法充分領略他談話的含意。

回過頭來，藉由《顯影月刊》，我才知道芳成兄的一些早年事蹟如下：芳成兄出生於一九〇七年，為清朝末年，民國成立前五年。「珠山小學」創設於一九一七年秋天，從年紀上推算，他大約是珠小第一屆的學生。一九三一年，芳成兄擔任顯影月刊記者，斯時，年紀二十五歲。並於三二年及三三年獲選為珠山小學校友會第八屆和第九屆書記之職務。一九三二年四月十八日出版之《顯影》第六卷第二期，里中訊「南洋去」云：薛芳成君任本刊新聞記者有年，最近覺以久鬱家鄉，甚感寂廖，故有南遊之意。自月前提出辭職，經于本月九號乘芝巴德輪渡往荷屬把力吧板矣（現在印尼廝里巴板）。又載：薛芳成由荷屬高低埠返鄉（當今印尼三馬林達），順道經過馬尼拉，與里人薛春樹不期而遇，乃聯袂歸來，於一九三六年五月十一日回到故鄉溫暖的家，去國整整四年。

旋於七月獲選為珠小校友會幹事，再選為副幹事長。十月上旬，幹事長薛長安決議重渡菲島，請辭校友會職務，幹事長則由副長薛芳成鼎代。顯影自一九三七年二月二十八日印行第十五卷六期後，遭逢對日戰爭爆發，日軍侵佔金門八年，顯影因此停刊。珠小讀完最後一課，校友會解散，書刊焚毀，里中人口原本二百多戶八百多人，逃亡過半，經由大嶝、小嶝避入大陸，再輾轉前往南洋謀生，珠山自此過著冬眠現象，一切沉寂有如死谷。日軍佔領金門後，在軍部之下成立維持會，起用本地人治理一切民政事務，採取以金治金之手段。

迨抗戰勝利後，《顯影》於一九四六年四月在海外同鄉的督促下復刊，是為第十六卷一期，又稱為重光第一期。旅菲衣里岸珠山同鄉會來函勉勵，指顯影重光即珠山新生。珠小復校籌備會委員有薛芳成等五人，預估復校所需費用為國幣一百萬元，呼籲旅外同鄉踴躍捐輸，共襄盛舉。隨後得到菲島衣里岸薛丞祝等發起募捐，珠山同鄉及金門同鄉反應熱烈，旋於同年八月間匯來一百萬元作為開辦費，另外尚有一百萬元寄來作珠小校務基金。而菲島宿霧另一同鄉薛芳城亦發起勸募，據悉其成績相當美好。珠小則於秋天九月二日復校上課，學生八十一人。

長記一代鄉賢，一生出錢出力。

2001／12／20

第十八回　緬懷鄉賢薛崇武

本月十日上午，我從電腦上網到咱們「珠山社區」網站，本想觀賞有關珠山及薛氏宗親之活動概況，詎料，頭條標題赫然出現「珠山小學創辦人薛崇武先生因病別離人世」！是前一天張貼的，內容簡述崇武先生於八月八日晚，病逝於台北板橋亞東醫院，享年八十九歲。霎時令人驚愕、措手不及，不由得擲筆三嘆，豈不是「哲人其萎」、「天不假年」、「草木同悲」！

三天前，我方才利用周末假日獨自回到珠山老家去轉了一圈，順便繞到龜山頂正在建造施工中的「薛崇武住宅」參觀一遍。房子是二樓半的型式，主體構造的樓板和樑柱使用預拌混凝土灌漿，牆壁則採用紅磚砌成，內外業已完成百分之八十以上，大約再有一個月時間就能全部完成了。這棟房子長約十五公尺、寬約十公尺，正面是左右對稱的「雙手房」型式，氣象宏偉，居高臨下，恰可俯瞰珠山全村景觀，並且遠及村外的珠山靶場和周邊的防風林。萬萬想不到設計理想的房屋即將落成之際，為屋主提供一個愉快、美好的晚年生活環境，豈知主人竟然撒手人寰、與世長辭，怎不叫人為之心酸神傷矣！

自從去年底回鄉聽說崇武兄要在自己的故鄉珠山建造一棟新房子，作為離台返鄉定居之所，村人們都興高采烈的等待他老先生能在晚年回來自己的土地定居，和大家一齊生活，共話桑麻。我也深深感受到這一股歡愉的氣氛，所以，三不五時便回到老家和兄弟叔侄泡茶兼開講，順道也看看這棟新房子的施工進度，眼看著一樓的樓板完成灌漿，然後是二樓、三樓的樓板和牆壁陸續完成，也曾走進屋內探看其內部的格局，的確非常先進又現代化。而且，鄉人還說崇武兄預訂在今年中秋節前完工「入厝」，同時也要為自己做九十大壽的生日，到時候，華廈落成兼九秩華誕，可是雙喜臨門喔！那不僅是他個人的喜事，也是全村子的喜事耶！我的內心和大家一樣雀喜不已，巴不得九月二十八日中秋節那一天趕快來臨，好讓我們一同沾沾他的喜氣，分享他的喜悅。誰知天有不測風雲，就這麼樣一記晴天霹靂打下來，震得我驚慌失措，感傷無已。

回想起崇武兄一生的道德、學問、貢獻、犧牲、付出，真是一言難盡矣！有載之於「金門縣志」者，有載於「薛氏族譜」者，也有載於「顯影月刊」者，還有更多的事蹟是傳頌於珠山村人的口耳之中。不論住在本村、外村、或台灣、或南洋者，人人讚賞，個個欽佩，五十年來，他的一舉一動、一言一行，無不都是為了珠山，無不是為了薛氏族人，無人不知他對珠山充滿了濃厚的關懷與熱情。我生也晚，未能躬逢其盛，僅能從縣志、族譜、顯影當中窺知一鱗半爪，聽聞較多者泰半來自於村中的長老，如扶山叔、芳世兄、承立……。始知他一生的職志在教育，在於對族人智慧的啟迪，蓋因半世紀之前的教育並非由政府出資開辦的，而是由民間私人所興辦，也就是由各村里集資興學。正如他的夫人，王錦羨女士所說的「崇武很愛孩子讀書」。

民國以來，珠山先賢人才輩出，此皆因為接受現代教育之故，並轉而重視教育，因此出錢出力，不遺餘力。自十七年發行「顯影月刊」起，首卷即倡議興建專屬的珠山小學校舍為要務，取代借用祠堂之因陋就簡，以改善教學環境及提昇教育水準。可惜，建校事情一波三折，前賢們的理想一直欠缺臨門一腳，海內、外宗親同心一志，誓言建造一所嶄新的校舍，一償宿願。無奈，好事多磨，遷延日久，整整經過了二十個年頭，終於由崇武兄的哥哥薛承爵及里人薛芳城，僅僅在菲律賓一國向珠山鄉親勸募，而捨棄印尼、新加坡、馬來西亞等地的宗親。集資二期的工程款總計美金二萬多元，然後匯到金門由崇武兄保管建校基金，並規劃、設計建校藍圖，旋於三十七年十月初，與廈門雲燦營造商王文彩簽訂工程合同，於十月十日國慶日開工動土興建。費時一年，完成大部份，因為，大批軍隊從大陸轉進到金門，工人無法繼續施工，只好作罷。

新校舍落成，為全島之最，巍峨壯觀，氣派非凡，二十年來村人日夜魂縈夢牽的理想終於實現，全村為之歡聲雷動，珠山人揚眉吐氣，引以為傲。這是前輩先賢眾志成城，而終能克竟全功者即是繼起有人，由當時珠山小學董事長薛崇武集其大成，斯時，他的年齡不過三十四、五歲而已。不過，好景不長，珠山小學新校舍啟用不到一年，即被軍隊佔用而遷至「頂三落」四、五年，再遷到官裡村，最後落腳到歐厝村。「顯影月刊」為當前金門碩果僅存的一部七十年前的期刊，顯影得以保存，實為珠山之幸，也是金門之幸，此言絕非過甚之詞。顯影月刊是珠山小學校友會所創辦，創刊於十七年九月，每月一期。民國三十七年以前，金門本為僑鄉，僑匯充裕，各村里無不大力興學，並傳播教育之重要性，傳播之媒介即是刊物之發行。因此，各村各校均有期刊印行一、二十年，極一時之盛也，例如：湖峰學生、鼓崗學生、塔峰月刊、浯江月刊等，但是到三十八年以後，由於部隊進駐金門，實施軍政一元化，所有的刊物均在一夕之間盡行燒燬，珠山也不例外。

僥天之倖的是，崇武兄的表兄弟顏西林先生，冒著自己身家性命的危險，保管一套絕版的顯影月刊達三十多年，直到八十五年春天才交由我轉寄還給崇武兄，我和薛少樓商議加以影印後寄還台北的崇武兄，經薛氏宗親會理事會通過後，影印三十部，除贈送顏先生一部聊表感謝代為保管之情外，分送圖書館及相關寫作金門鄉土文學者，一則妥為保存，一則廣為流傳。

從顯影月刊首卷就能看見崇武兄自小就嶄露頭角，當時小學由秋一級讀起，到秋五級畢業，他為秋五級學生，由老師領隊帶畢業生乘船到廈門旅遊五天。回校後有好幾位學生寫了旅遊日記刊登在顯影上，崇武兄也是其中之一，刊登二篇遊記，其中，有一篇描述他充當同學們小老師的種種感受呢！珠小畢業後，他曾進入廈門就讀集美中學，二十歲左右讀廈門廣濟大學預科，再讀廣西大學農科，只讀一年遇上中日抗戰爆發而停學。戰後返回金門擔任珠小校友會幹事，顯影月刊發行人，私立金中中學於三十六年復校，受聘為事務主任，珠山小學董事長任內興建新校舍，三十九年出任金門縣金山區區長。四十七年八二三炮戰，接受政府疏遷到台灣，滯台期間，澎湖薛氏宗親還特地組團跨海到台灣去慰問金門宗親，顯見血濃於水的氏族之情，並合影留下歷史性的照片。

崇武兄另一職志在金門薛氏族譜之編修，自六十五年與薛前瑜、薛永嘉合作增補族譜，八十年乃獨力編印，向菲律賓鄉僑勸募新台幣十四萬多元，印行四百冊，印刷費共計三十四萬餘元，不敷二十萬元。並且，計畫到九十年時要再來重新編印薛氏族譜，其雄心壯志，怎不叫人敬佩，誠不知老之將至矣！

社會賢達人士，關照珠山村落。

2004／08／15

第十九回　緬懷鄉賢顏西林

二〇一二年十一月十一日是個特別的日子，因為月與日正好是四個么，卻也是個休息的星期天，最適合出門走親訪友共話桑麻了。可我要去拜訪的顏西林老先生，我卻只能上香敬禮，再也無緣話家常了。此因顏老已經駕鶴西歸，位列仙班，我自當前往靈堂親上一炷清香，行禮三鞠躬。昨日在後浦總兵署前不期而遇見到久未晤面的老友莊美榮兄弟，承他告知顏老先生早登極樂世界，棺木剛剛由台灣運回金門返抵家門。語畢，他隨即叮囑我應當親往喪宅祭奠一番，用表致謝顏老當年以身家性命護衛珠山「顯影月刊」之盛情，我回以那是、那是，理應如此，我先回去珠山通報再登門弔唁，而且，我與顏先生曾經有過幾次接觸及交談，殊感情誼深重，容後表述。

我在孩提時代生長於淳樸鄉村的珠山，自小即經常聽聞父執輩們集會商議村中公共事務，諸如水溝、巷道之橋毀、路塌亟需修造事宜。眾議之後所需執行之土木材料，其中以鋼筋及水泥之費用最為昂貴，村人無力承擔，至於其他如勞動人力、工具器材並無匱乏，但是對於建材之之購買確實無錢莫辦，所以，決而不行。唯有一項但書，能夠保住一份希望，那就是將議決事項派專人向顏西林先生報告，尋求珠山薛氏姑爺的大力鼎助，如蒙允諾幫助，事情可辦。隨後聽得專人回報說顏先生一諾無辭，慨允一力承擔全部所需修造費用，儘管剋期施造。

往後隔三差五，凡有求於西林先生者，從來無一落空。凡是對於珠山的修橋鋪路等公益事業，只要有求於他的，一概都是有求必應，更是出錢出力，不遺餘力。也因此在我的小小心靈中萌生好奇之心，想那顏先生何許人也？屢次慨施援手，慷慨解囊，造福珠山，功德無量。經我詢問於長輩及大人後，方知其中梗概，原來顏氏乃珠山之外甥，後來又兼珠山之女婿，一人具有雙重身份，伊是珠山「上三落」薛永棟的外甥，為薛崇武先生的表弟，又是「下三落」薛永乾先生的女婿，為薛承立先生的姐夫。珠山只有二棟三落大厝，竟然都跟他聯結上關係，可真是獨一無二了。

我家位於珠山「大道宮」的正對面，中間隔著一方水池「宮橋潭」相望，大道宮供奉主神大道公，在一九五八年的八二三砲戰中遭受砲火蹂躪，成半毀狀態。每年香火最盛時日只有正月十五的元宵節，重頭戲就是鬧花燈，那一晚更是調皮少年的我大顯身手的好時機，只見我舉著用竹筒做成的火把，擠在小孩提著元宵燈籠的人群中伺機放火點燃別人的燈籠，待惡作劇得逞後一閃而過，消失無蹤，可是害得兒童哇哇大哭。但是，當我在宮裡竄進竄出時，總會瞧見供桌上高高豎立一對最大號的蠟燭點燃著，那一定是顏先生叩謝的，而且，也會看見他來上香祈福及叩拜，行禮如儀，年年如此。

西林先生的岳丈是下三落的薛永乾先生，他家就在我家的斜前方，同樣挨著宮橋潭，他的丈母娘永乾夫人的閨名是許雪緣，但是，在珠山薛氏宗親的稱謂中，除了稱呼輩份之外，她更有一項獨一無二的通稱「緣官」。若論輩份，我還高她一輩，可她從來都是叫我阿千，我稱她緣官。在我唸小學五、六年級時，她從南洋省親回來，送我一件又漂亮又溫暖的做羊毛背心，那件衣服陪我度過好幾個寒冷的冬天，讓我無懼於蕭瑟的北風。我與緣官碰面的機會不多，經過三、四十年之後，只要一見面聊起天來，談起當年她帶著孫子薛祖耀從台灣回到珠山唸小學六年級，他跟我同班自愛華國小畢業，她都能如數家珍記得一清二楚。

後來，她搬到後浦女兒、女婿家居住，我也會上門去看望她，一見我到訪她會馬上吩咐身邊的孩子為我們泡來兩杯咖啡，一起閑來話話家常。顏先生跟他的夫人薛黎明女士看到我來訪，會告訴我說老人家這兩天還在唸著阿千最近怎麼都沒有來看她呢？當我要離開時她會把她親手縫製的小孩衣服送給我，她知道我嫁女兒也做了外公，讓我把衣服轉送給我女兒的小孩。那時候，她已經高齡九十七、八歲了，眼力仍然很好，雖然不能穿針引線，但是照樣能夠縫製嬰兒、幼兒的衣服呢。她百歲那年回到珠山做大壽時，我四十五歲，她年長我五十五歲，可我們交談融洽又愉快，毫無距離與隔閡。

一九九四年二月我接任第三屆薛氏宗親會理事長，交接完畢，我立即召開第一次理監事會議，討論通過議題二十項。會後的餐敘，由我特別邀請西林先生出席參加，當面感謝他多年來對珠山的關懷備至，以及無私付出。其中一項決議是捐助浯島城隍廟重建基金二十萬元，由我及總幹事薛少樓、理事薛永嘉三人親自將捐款送達內武廟，當面交付重建會主任委員顏西林代表接受。一九九六年春天接獲宗親薛永順兄電話通知：顏西林先生手上有一批《顯影月刊》要交還託管人，旅居臺北中和的薛崇武先生，也就是他的表兄。我立即會同薛少樓前往接洽，我提議由薛氏宗親會提供經費交由印刷廠影印若干部，一則妥為保存，再則公諸於世，廣為流傳，當場獲得顏先生的首肯。

我與少樓在顏老面前會合時，聽少樓尊稱他「西林叔」，因為少樓是崇武先生的公子，顏先生正是他的表叔；少樓年長我四、五歲，而顏老又年長我三十五歲，因此，我便跟著少樓一起稱他「西林叔」。不承想，他立刻說：「少樓可以稱我叔叔，你卻不能稱我叔叔的，因為你的輩份比我丈母娘還高一輩，我若是按我太太的輩份來算，還得稱你叔公呢！我看你還是稱我顏先生就好，彼此方便」。後來，我們之間的稱呼就是這樣子。

顯影月刊經過十多年的傳閱之後，我經常可以看見很多博士及碩士論文，不是以顯影為主題，就是援用或採用顯影的資料，足證當時將其公諸於世、廣為流傳的宗旨取得宏大的效果，這也都是顏老辛苦保存月刊的另一層功勞及貢獻矣！

我很幸運，因此擁有一部顯影月刊的影印本，總共有二十二冊，我詳細拜讀之後撰寫一篇讀書心得《顯影月刊，重見世人》發表於「金門日報」浯江副刊上。從閱讀月刊中，我也知道顏先生與顯影月刊的關係密切、淵源匪淺，初時任顯影之記者，後任主編，再後任社長，筆名紫峰。他曾經走過烽火連天、動蕩不安的歲月，敢拿筆桿子與槍桿子爭是非，無所畏懼，充分展現文人風格及鐵筆直書的骨氣，令人讚佩不已！

一九九七年之間，我接到崇武先生來電告知，他的二個妹妹薛彩雲及薛彩鳳不日即將返回金門看望表兄弟顏西林，讓我到顏府與他妹妹會面認識。當天上午我到達顏府時，顏先生正在親切接待二位表姐妹，臨近中午時，他還特地親自下廚烹煮一桌美食款待佳賓，想不到，他不但是一位美食家，還擁有一手好廚藝。臨上桌前，他把我拉到一邊說：「彩雲的家庭富裕，她又特別大度，要是你們珠山或薛氏宗親會有什麼需要，只要你向她開口，她必定不會叫你失望的」。

我瞭解他的好意提示，我說好的，我會好好盤算的，因為我深知我們珠山是好女兒山—就是說薛家的女兒嫁出去後，特別支持珠山娘家的公益事業，出錢出力，絕不後人，比如說西林先生的夫人就是其中之一囉！只可惜，等我後來有了腹案準備要跟彩雲聯繫的時候，驚聞她的家庭發生變故，家道中落，此議只好作罷。

從我跟顏老的接觸中，深切瞭解他的為人總是樂於對他人關懷及付出，此外，我也從其他人與顏先生的來往中知道他具有悲天憫人與樂善好施的高貴情操。十多年前有一位退伍軍人夏榮先生定居到珠山來，他孑然一身，與珠山非親非故，手上又不寬裕，卻能與村中居民和諧相處，守望相助，大家也不確知他的歲數多少。直到有一次顏老自己過生日時，特地邀請跟他相同屬猴的人同吃生日壽宴，一桌十人或十二人，村人才知道夏榮是肖猴，便能據此推算出他的年齡，他應該是比顏先生小一輪十二歲。從那以後，顏先生每年的生日宴席上，夏榮都是座上賓。

此外，顏老在十多年前有一段時間也曾經醉心於京劇的音韻之美，和幾位同好組成票友，其中有一位退伍軍人王文華先生是北京人，對于京劇頗有興趣及造詣。他辭世後，其遺孀北京大姐黃玉萍，每有返鄉之行，顏先生只要知悉，必定致贈一份程儀，以壯行色。

而北京大姐回來時，亦必親自選購北京上好布料，回贈西林夫人，作為製作旗袍之用。

珠山孤本期刊，捨命冒險保存。

2012／11／11

第二十回　顯影月刊重見世人

一、顏西林先生冒險收藏，完璧歸趙重回珠山人

自小在珠山土生土長四十載，可我從來不曾見過《顯影月刊》的片紙隻字，更從未聽過長輩、同輩或村中長老提起過一言半語，完全是一無所知。時到一九九六年春天，接到宗親薛永順兄來電告知：顏西林先生手上有一批受託代管的《顯影月刊》，要交還予託管人薛崇武先生，他得知後立即建議顏先生，把這套刊物交給薛氏宗親會影印留存，並委由該會代為轉交崇武先生，顏先生聽後表示首肯，交代他要我儘快到顏公館去面洽，我聽完電話應諾到顏公館洽談。掛上電話我立刻連絡到宗親會總幹事薛少樓，約定當天同時到達顏公館洽商此事。當場，我們目睹了那厚厚的一疊刊物，高達一公尺有餘，上下用兩塊木板夾著，中間用繩子串連著，猶如精裝書一般，心想，這可是寶貝得很哦！我便提議由薛

氏宗親會提供經費交由印刷廠影印若干部，一則妥為保存，再則廣為流傳，公諸於世，讓顯影月刊能夠重見世人。獲得顏先生同意後，我們就順便帶走。

從顏先生在影印之前所述感言中知道：「民國三十八年國軍進駐金門，這部顯影孤本寄存我處，軍管時期，人人自危。四十八年來，我秘密收藏，冒白色危險，為保存珠山國寶，如今得以完璧歸趙，遂我心願，亦珠山之幸也」！多虧顏先生冒著身家性命之危險，代為保管這部刊物，不但是珠山之幸，而且也是金門之幸也；薛氏宗親會決定影印三十部，除贈送顏先生一部聊表感謝保管之情外，並分贈中正圖書館（金門縣立圖書館）、金門中學圖書館，以及諸多金門鄉土文學家，以供閱讀、查考及傳佈之用。感言中亦提及：「民國七十年金門縣政府重修金門縣志，缺少民國十七年至卅五年資料，商借顯影合訂本參考。負責編修大事記為金門日報總編輯郭某，摘要顯影地方新聞，用紅筆圈劃。借人書刊，不加珍惜，信筆塗鴉，殊為可惡，今影印副本，定有瑕疵，實為憾事」。

二、珠小校友會，募款來發行

「顯影月刊」，是珠山小學校友會所創辦，創刊於一九二八年九月，每月一期，合六期為一卷。其中，一九三七年中日戰爭爆發，日軍旋即佔領金門因而停刊，抗戰勝利後在一九四六年復刊，一直到一九四九年五月再度停刊為止，前後二十一年間總計發行二十一卷。月刊內容主要報導：鄉村新聞、珠山小學、金門島聞、文藝副刊，趨於報導型的雜誌。其中，鄉聞以嫁娶、生死、出洋、返鄉為最多，珠小以成績和運動為多，發行對象不以珠山鄉村及小學為限，更遠及於南洋之鄉僑。感言中又述及：「海外鄉僑，關心家鄉信息，若大旱之望雲霓，顯影月刊之傳播鄉訊，大受僑胞歡迎，厥功至偉。迨日寇竊據金門，顯影一度停刊，舅父薛公永棟，秘密記載大事記，名曰八年滄桑錄，雖簡略記事，甚寶貴資料也。光復末期，時局動盪，混亂至極。顯影負責金門喉舌之職，公正執言，不怕權力，幾與槍口對立，於今思之，猶有餘悸」。刊物為非賣品，只有分送、贈閱。

民國初年，金門各村里僅有小學教育，而且均為私立，由地方仕紳及海外華僑共同捐資成立。珠山學校創辦於一九一七年秋天，校舍借用薛氏家廟大宗及民房開辦，一年所需經費約當一千二百元，來自里中及海外同鄉之捐款。小學由秋一級讀起，到秋五級讀完畢業，自一九二一年起，珠山的畢業生年年增加，但再無升學之處，除非進入廈門讀中學，因此，於一九二五年成立珠小校友會，發起人為薛丞祝、薛永麥等人，贊成人為薛永乾、薛福緣等。所以，苟無珠山小學，便無成立珠小校友會，更無顯影月刊之發行囉！顯影二字係永乾先生在暗房沖洗相片時，有所發現而定名者。月刊起始由薛丞祝和薛永麥主編，丞祝又名承爵，永麥又號施伍，其後由薛健樁繼之，健樁又號澤人；最後由薛崇武及顏西林接替，西林又號紫峰。

永乾主編雛燕副刊，係珠小學生作品之發表園地，因體弱多病，天不假年，於月刊發行當年（一九二八年）長辭人世，享年二十八歲。校友會為里中大部份青年聚會之所，設於家廟小宗。自創辦月刊後，又陸續成立許多社團，如珠山修造委員會，其宗旨在於修造村內公共巷道及溝渠等，經費來自海外同鄉之捐助。珠山小學校舍建築籌備委員會，其任務為建築專用且獨立之校舍係珠山晚近最要緊之事，希望海外同鄉踴躍認捐並勸募經費。珠山體育協進社，其宗旨在強調運動的重要，鍛鍊健康之體魄，以雪東亞病夫之恥。校友會並附設閱書報社，如同小型圖書館。

三、顯影月刊重要記事，首重教育其次村史

《顯影》首卷之創刊詞提及：珠山人丁七百有五，所有出洋謀生者，少壯間十去八、九。又提及鄰村辦理學校，原本落在珠山之後，但能將眼光放遠，取法乎上，以建設專屬校舍為首要之務，能如此即形同超越於珠山之前矣！編者亦常以此警惕鄉眾，不能自滿於現狀，以致反落在他村之後。刊載：古崗小學雖僅開辦三年，但已籌備建築新校舍，開古

賢堡第一聲，樣式、地點、款項均有著落，其校舍採洋樓式，選在祠堂旁邊，資金來自海外同鄉捐助五、六千元，即將動工，校舍落成為期不遠矣！又金水小學新校舍亦在籌備進行之中。

其後論著云：出洋是為著生活窘迫而發生，所以絕對不是快樂的一回事，為怎樣我耳邊所聽到的都是那唧唧稱讚洋客的話呢？尤其是我們金門人，有了一個女兒，便立意傾心羨慕這個洋客馬上來配合，才算是一頭好親事。原來他們只知道錢的功用，不明瞭愛情與精神的關係。又云：照珠山的洋客調查出來，有業經營的只佔百分之三，其餘的都是店夥。不要離家鄉別故人，就有在祖國建立謀生機關的必要。謀生機關可由合資組織而達到實現，辦實業，設工廠，均聽其便。

珠山小學生，一至五年級共有七十九人，男生四十三人，女生三十六人。珠小校舍充教室之用者只有三間，係借用薛氏家廟，以致所有教室不足分配，再向薛永南兄弟借用下書房使用。珠小於一九二八年九月二十日至二十五日，舉辦秋五級畢業生廈門旅行五天，參加學生十三人，女九男四，由教員薛永乾及李晴嵐二位先生護往，學生每人平均花費三元零三占，旅行回來後很多學生都寫遊記刊登於《顯影》上。福建省政府於十月份下令禁止賭博，禁止吸食鴉片。

又載：新校舍有望。謂里人薛芳城自去年返鄉，對於公益事業無不竭力提倡，關於建築校舍尤見十分踴躍，本年再行南渡，聞彼此去對於建校募捐之事，決要努力向呂宋同鄉勸募，成績定可美滿也。根據統計，當時平常人家娶妻所要全部費用，約需一千一百多元，其中主要項目是聘禮二百四十元，筵席二百元，金首飾一百六十元，箱櫥一百四十元，豬羊一百元，寢具八十元，鼓吹五十元，雜費五十元，服飾四十元。

詩十五首如下，「秋風憶故鄉」：西風瑟瑟捲沙塵，久別家鄉作嫁人，故里雲山應無恙，庭花院樹綠如春。「洋客苦」：別鄉離井最愁腸，野店荒村當賤庸，鏡破梅妝辛苦甚，隴頭雲海只為窮。「鼓嶼感懷」：高樓櫛比聳天空，安樂窩藏幾富翁，我最不勝漂泊感，形骸放蕩夕陽中。「春閨怨」：冉冉春光透繡緯，珠簾不捲燕雙飛，可憐寂寞閨中婦，日盼儆人尚未歸。珠簾欲捲恨偏長，月照深閨夜未央，忍看陌頭楊柳色，惱人一日九迴腸。萬紫千紅滿陌頭，穿花蛺蝶兩悠悠，飛蟲亦為春光戀，謾道春光愁不愁？寂寂花時門不開，愁看粉蝶自徘徊，懊儂嫁得無情婿，辜負香衾去不回。「春日即景一」：絲絲綠柳西湖邊，艷艷紅桃李正妍，戶外風和春鶯夢，池塘沙暖鴛鴦眠。「閨怨」：寂寞深閨又一年，春花秋月不成眠，庭院荒蕪飄零盡，香夢迢迢到客邊。「長相思」：長相思，閨怨深，夫戍邊關絕書音，倚闌干，淚滿襟。幃中隻影單，香夢無處尋，對鏡憐瘦影，最苦閨中心。「病中」：獨對珠光嘆此身，萬般苦楚向誰陳？良朋好友有誰至，不及床邊進藥人。「遊菽莊」：樓台矗立倚蒼山，隱隱長橋沉波瀾，時遇春來花正放，香聞世外別人間。「春日即景二」：春風拂盡百花妍，萬紫千紅又一年，柳絮絲絲雙燕宿，桃花艷艷蝶兒翩。「憶故鄉」：皎皎月光涼，淒淒思故鄉，故鄉何所有，馥郁山花香，復有林中女，嬌嬈動人腸，珠峰看日出，龜山瞻夕陽。西池戲釣垂，東宮入球場，場中相逐角，健兒多逞強，勝者陶以樂，負者神且傷，鬥球雖小道，人間之真相。「殘餘底痕」：朽木難成器，欲雕須有志，雖然殘餘物，須知磨鐵時。「荒塚」：清明多苦雨，荒塚觸人愁，借問樽酒者，滴到九泉不？「沒落」：早年讀書作相公，今日出來做粗工，大風吹落烏鴉窠，那知一跌就著凶。「童養媳」：十八姑娘九歲郎，夜來點燈抱上床，三更半暝哭卜糖，無糖通呷哭甲光。小郎小郎無通截截床，你那那哭我就心那酸。

在首卷中月刊已採用首字放大的編輯方式。埔後陳寰先生派任縣長，乃前所未有者，為金人治金之首，惜任期未滿二個月即因發不出黨費而遭省政府民政廳撤職。陳寰縣長任職未滿兩月，倡辦之事極多，只有完成人口調查而已，但仍有不少匿報戶口者，實際金門人口至少總有五萬人。

次年春天，珠山大道公生辰，連演戈甲戲三天，第一天在大道宮口搬戲，第二、三天因是兩班戲班子同時表演，戲台改移到家廟前下三落埕，觀眾十分擁擠，幾無容隙之地，約有一千五百多人，兩台戲班子拼戲十分認真，各有春秋，難分高低，真是連台好戲，為里中十幾年來所僅見，這真是一個美好的時代。後浦金門公學於去年派員前往南洋募捐，積極籌備中學，今年業已完成籌備，準定開辦並招生。金門公學為集美學校所補助學校之一，但凡集美之各種召集，公學每必派人參加。

一九三〇年冬至日宴請四盤八碗，值東者有二十一位，包括泗湖、後垵宗親。編者曾在月刊上發表致菲律濱荷羅基沓同鄉公開函：婉轉勸阻且莫收回捐助珠小校舍基金五百多元，何況，衣里岸同鄉已匯來一千元，均存入郵局儲金部，以備生息並供建校之需也。縣長陳紹前贈送珠山嵌字對聯如下：「珠樹交輝清幽第一，山花怒發燦爛無雙」。

一九三二年刊載：違背鄉規，群起反對。事因芳得之養媳招贅惠安人，乃召開五房之房長會議，芳得已去世，請其妻到場說明，鄉長並告知該人年事已長又曾在他鄉行竊，限日退婚，得妻領命而出。本鄉自開莊以來不容他姓人士居留，現有紹浦女婿張德興，在鄉內租屋居住經年，須即派人疏通出境。既經鄉長下命出鄉，勢難再緩。金水小學新校舍於本年底建築落成，開費二萬餘元，可稱為金門第一，於十一月十二日開落成典禮，函請全島各學校及鄉長蒞臨參觀。

在第六卷中，主編撰寫一篇論文：從水頭的現在說到珠山的將來，指出當金水頭的教育發達不但超越珠山，更幾乎是金門教育的中心了。金水小學校舍籌建時，也發生種種波折和困難，可是水頭人有勇氣，敢和惡勢力奮鬥，才得到今天的成功。但珠山人的天性沒有耐苦的性質，失敗之後反而自暴自棄，不會想辦法恢復過去的地位。古崗和水頭新校舍先後完成，更加深珠山對於建校愈灰心，覺得已經不及別人，而作罷論。文章的結論是：珠山的興衰，要求根本的解決，著手造出珠山人才，多少總會對於里中有所貢獻。

很多人希望把文藝縮篇，將新聞增加，主編雖表同感，但有其困難，此因在這小島上少有必要之新聞發生，只好勉強把文藝納入以增加篇幅，順便鼓吹大眾文藝化。金水學校之堂皇，古崗校舍之巍峨，東西輝映，歷歷在目，唯獨珠山一無所成。珠山建校發端已久，捐款略有把握，一波三折，只以位置問題優遊不決，籌委會實在罪無可貸。丞祝於一九三三年四月二十九日由菲島返鄉，受到英雄式的歡迎，珠山各社團製作標語，張貼全里，琳瑯滿目，辭意懇切，熱烈歡迎榮歸鄉里，可見鄉人對祝君愛護之真摯。

珠小校友會為籌募經費充實閱書報社之刊物，乃仿造政府航空築路獎券辦法，印發第一期文化獎券二百張，每張五角，向社會各界推售，於一九三三年九月售畢，假家廟大宗門口公開搖彩。隨後又發起文化基金獎券三千張，每張一元，也是籌劃閱書報社之經費，仍然在大宗門口公開搖彩。接著，再發行第一期珠山建設獎券，辦法均同文化基金獎券，張數及票價亦同。此外，為紀念校友會十一週年，亦發行紀念獎券五百張，每張二角。

此種藉發行獎券兌獎方法，以籌措經費推行公共事業，的確是首開金門之先河，深具財務規劃之能力。珠山自昔在浦中市場，逐時代均有鋪店之設，一則為里中在城市之耳目，再則為里人在城中憩足之便利。珠山屢有創設公共游泳池之議，然因工程浩大，需費龐大，又正逢南洋商況不景氣，鄉里要錢的事業一大堆，只好作罷。茲有薛福緣兄弟利用自己的產業長潭，僱工稍加開鑿，四周砌以舂牆之壁，代之為初具規模之游泳池，可也不失為一變通的辦法。

一九三四年間，金門出版刊物，一時百花齊鳴，極一時之盛也。建設協會之《浯江月刊》，金水小學之《塔峰月刊》，古崗小學之《鼓崗學生》，湖峰小學之《湖峰學生》，編排俱見精采，材料亦均豐富。顯影自創刊以來印刷方式，均採手寫油印，俗稱刻鋼板者，至本年底十一卷三期改為排列鉛字印刷，送廈門印務館排版印刷。

珠山鄉長薛永南，生性慷慨重義氣，任事負責又認真，歷年主持鄉事深得里人信任，生前連任珠小校董十二載，貢獻卓著。足見永南先生行事風格豪邁，對於鄉里公共事務及教育事業，盡職又負責任，廣受鄉人及教師的認同與肯定，為人處事具有國士風範。永南先生因病臥床不起，病中不喜服藥而無救，於十一月底終至與世永別，享年六十六歲。越二日出葬，各地親友返鄉執紼者甚眾，珠小學生亦全體列隊至其墳致禮，並獻花圈以表達其生前對珠山小學之功績。

珠小自翌年起附設幼稚園，招收幼生。珠小於四月八日至十三日，再度舉辦六年級畢業生廈門旅行五天，距離上次畢業旅行已有八年之久，此行由教員薛健椿、薛長興及薛春田等人帶領，師生總共二十四人參加，平均每人旅費將近大洋四元。旅遊回來，師生多人分別撰寫遊記投稿顯影月刊，刊登旅行特輯。珠山體育協進社於次年底，開會決議舉行珠山第一期運動大會，經費由該社向里人募捐，定於一九三七年元月一日及二日，一連舉行二天，名譽會長為薛前炮及薛福緣，主席為施伍，此次大會共組三隊，隊名分別為珠友隊、珠小隊、珠農隊。

自一九三七年二月二十八日印行十五卷六期後，遭逢對日戰爭爆發，日軍侵佔金門八年，《顯影》因此停刊。珠小讀完最後一課，校友會解散，書刊焚毀，里中人口原本二百多戶，逃亡過半，經由大嶝、小嶝避入大陸，再輾轉前往南洋謀生，珠山自此過著冬眠現象，一切沉寂有如死谷，這更是一個黑暗的時代。里人薛福緣閉門撰述《八年滄桑錄》未竟，記載日軍登陸及統治下之浯島，福緣又號永棟。其體裁及內容猶如顯影之替身，一九三七年九月，日本軍艦封鎖全島海口，軍機在空中偵察，十月底，日本海軍陸戰隊由古坑、金門城、水頭一帶登陸。日軍佔領金門後，在軍部之下成立維持會，起用本地人治理一切民政事務，採取以金治金之手段。

迨抗戰勝利後，《顯影》於一九四六年四月在海外同鄉的督促下復刊，是為十六卷一期，又稱為重光第一期。旅菲衣里岸珠山同鄉會來函勉勵，指顯影重光即珠山新生。珠小復校籌備會委員有薛前生、薛芳成、薛天宮、薛春田及薛崇武等五人，預估復校所需費用為國幣一百萬元，呼籲旅外同鄉踴躍捐輸，共襄盛舉。隨後得到菲島衣里岸薛丞祝發起募捐，珠山同鄉及金門同鄉反應熱烈，旋於一九四八年八月間匯來一百萬元作為開辦費用，另外尚有一百萬元寄來做珠小校務基金。而菲島宿霧另一同鄉薛芳城亦發起勸募，據悉其成績相當美好。

薛丞祝和薛永麥本在家鄉主編顯影多年，文采斐然，在戰前分別前往衣里岸及星洲為個人事業奮鬥有成。為著珠小的復興，十分關切。可是錢的問題如何籌措，從三月到六月一直困擾著祝君，直到七月間，突然接到同鄉薛永淮君來信謂：珠小復校，其誰之力？丞祝先生也。乃毅然決然於次日召開衣市珠山人談話會，這是有史以來珠山人第一次在衣市的集會，所要談的便是珠小復校出錢的事。出席者全數表示真誠及興奮，十五分鐘即完成認捐，共計菲幣九百元，合國幣一百萬元。翌日展開對外募捐，又得九百餘元，出乎意料之外。祝君並寫出募捐的話如下：「公款辦公事，侵吞誤公，浪費誤公，苛刻亦誤公；願吾鄉在會諸公，個個大公無私。善因結善緣，施財為善，出力為善，贊物也為善；惟君子得心同善，日日眾善奉行」。

珠小則於秋天九月二日復校上課，學生八十一人，薛崇武出任校長。本年十二月，籌備會預估珠小建校所需款項，約當美金二萬五千元或菲幣五萬元正。對日抗戰勝利後，設置金門縣臨時參議會，於一九四六年二月十二日假金門基督教堂舉行成立大會，由金門縣政府委派臨時參議員十一人，陳延簃任議長。同月二十五日，各鄉鎮舉行保民代表選舉，珠沙保由歐兆郁及薛崇武當選。同年十一月五日選舉第一屆參議員十人，九日選出議長林清池。

新加坡金門會館諸董事，因鑑於年來家鄉盜匪十分猖獗，人民不安其居，乃於一九三四年六月間集會決議救濟辦法。咸認首要之務應於沿海添建十座碉樓，喚醒民眾自衛，由該會補助國幣二千元。星洲金門會館，為金門人在海外一強有力之集團，其任務除為當地同僑謀福利外，逐時期對於故鄉公眾事業，亦每有襄贊，故其會務之進行隨時均為各地金門人所關心。該會于一九三五年三月十日舉行常年大會。選出年度幹事團十五人，並於十七日互選職員，選出會長鄭古悅，副會長陳景欄、陳清吉。新加坡金門會館，為明瞭家鄉光復之後現況，于一九四六年十一月間，特地推派陳長木、陳智澤及蔡曉東三人歸邑考察，俾作興革之資。次年，鄭古悅獲新加坡英政府授予勳功，冊封ＯＥＢ榮銜。

金門會館前身為孚濟廟，創建於清代光緒二年（西元一八七六年）。係鄉僑先輩李仕撻由金門沙美西山前，于道光年間經商星島致富，為團結鄉親，謀互助合作，請於當地政府讓地建廟，名曰孚濟廟。奉祀開浯之牧馬監陳淵暨林夫人，迄今一百三十年，朝夕馨香不替。廟成，李仕撻任大總理，之後，黃良檀繼任總理。一九一九年改建孚濟廟為三層樓，三樓作為祭祀之廟及會館辦公室，一、二樓出租，收取租金為會館經費。故會員免納會費，凡屬鄉僑，一視同仁，均為會員。歷屆主持會務人士，貢獻良多，會館採董事制，名額不定，負責人職稱亦多變更，有大總理、總理、會長及主席之稱。會館原址在士敏街（牛車水），一九七五年被政府徵用，越二年，黃祖耀重膺董事會主席後，即率先捐獻鉅款坡幣七十萬元籌建新館，先後募得二百四十八萬餘元，於一九八五年在慶利路完成興建四層樓新館喬遷。

砂勞越金門人，最近有感於當此世界漸趨非常時期，無論如何，非團結即無以生存。乃于一九三五年三月五日成立砂勞越金門同鄉會，同日並正式辦公，臨時通訊處，暫由該地聯昌銀行轉遞。第一屆職員十人，黃慶昌擔任主席，許聰思任總務，張亞淵任財政。一九四六年十二月間，砂勞越僑領黃慶昌返鄉探親，並於十二日蒞臨珠山參觀，對於珠山小學提出甚多寶貴意見。金門華僑協會於一九四七年六月二十九日舉行成立大會，選出理、監事薛崇武等十二人。華僑之家會館則于一九八二年十月二十一日華僑節落成啟幕。

一九四七年四月刊載：清明節大宗祭祖，石井坑照例掃墓，野草沒脛無碑石，木本水源須強調。所謂薛氏祖墓者，不外一片荒煙蔓草，雜樹叢生，既無墳墓，又無墓碑，故僅知其名，無人知其所在，此實有失慎終追遠之意義。據《金門薛氏祖譜》記載：薛氏祖墓係指珠山三世祖伴郎公及伴中公長眠之所，俱葬於石井坑，只知墓穴方位是坐乾向巽，為薛氏族人每年清明節祭祖掃墓之處。這座墳墓因格於迷信堪輿之說，任由荒廢不加整理，又無墓碑可知位置，期望日後子孫能加以發掘修建。珠山村名本為山仔兜，民國初年才更名為珠山，因山明水秀，巨石成岩，稱之濯岩，故享有模範村之美譽。廈門禾山庵兜村有薛令之的墳墓存焉，令之公為福建省福安人，唐朝中宗年代為閩省首以詩詞登進士者，故有「開閩進士」之稱，累官至左補闕，兼太子侍讀，致仕後避居廈門，逝世後葬於下張社，但那也只是衣冠塚而已。

私立金中中學於一九四七年復校，除了成立校董會，更成立金中駐新加坡董事會，由鄭古悅先生出任董事長，籌募復校基金，復校後首任校長為吳紹堯先生。

顯影發行人薛崇武受聘為金中事務主任，故月刊不得不隨之遷移社址到後浦辦公。又應金中校董會之請，將顯影附設於金中校內，權充校刊，因此，月刊今後之任務將更行重大，從十八卷六期以迄二十一卷均如是矣。一九四八年七月間刊載：工資概以白米計算，目前公教人員之月薪僅及工人二日工資而已，無錢使人瘦矣！

四、新人結婚不忘建校，節省費用移作基金

復興珠山的先鋒，非薛永淮先生莫屬，首先，在一九四六年倡捐珠小復校，珠小因而得以成立。其次，同年在菲島與黃冰澄女士結婚，即省婚費五十萬元，贈與珠山閱書報社，專購兒童圖書之用。其三，次年端午節慶得麟兒，再節約五十萬元，捐贈珠小校友會，用以救濟窮苦鄉親。一九四七年十月，里人薛春樹為其三弟薛春園與周淑婉女士辦理結婚典禮，節省費用國幣一千萬元，移作珠山文化基金，增強家鄉文化事業，仁風義舉，足為鄉里表率，至堪表揚！珠山文化得此灌溉，焉得而不欣欣向榮！

春樹先生此項結合婚姻與文化於一爐之創舉，深得其親家翁周媽在先生的讚賞，亦慨然興起當仁不讓之風，省下嫁粧五百萬元，捐贈珠山文化基金會，誠可謂日月爭輝。次

月，鄉人薛芳城為其令郎薛永策與周仙姝女士主持婚禮，其親家翁亦為周嫣在，仙姝為其長女。此項婚禮最為特別的是，結婚不忘教育，建家等於建學，樽節開支一千萬元，移充珠小建築基金，恰可比美春樹先生，不獨珠山之幸，實亦珠山之福。

次年二月，菲律濱衣里岸同鄉薛永超為其令郎薛添發與周含萌女士舉行結婚典禮，永超先生因念及故鄉行將建築校舍，特地節約費用一千萬元，全數移作建校基金，似此熱腸義舉，必為珠山奠立教育文化之基業。同年六月十一日，菲島同鄉薛永淮、黃冰澄夫婦，新婚生子薛承端，將周歲開銷節省一億元，捐作珠山文化基金，不但值得表揚，更加應該提倡，鄉僑聞風繼起，澤被故鄉，豈不快哉！七月，也是菲島同鄉薛芳城為其長子薛永美與李摩梨女士主辦婚事，把親友賀禮四億五千萬元，並節約費用一億五千萬元，總共六億元，折合美金六百元，全部移充珠小建校基金，紀錄之高，令人振奮。

五、盜匪多如牛毛，入鄉洗劫綁票

刊載：盜匪猖獗，屢見不鮮。一九二八年十月九日深夜，有強盜十餘猛自下徐港登陸，到吳厝包圍吳章地家，用大杉木撞破牆壁而入，搜劫一空，然後揚長而去，損失約三千元。一九三一年初，有盜匪十餘猛洗劫東半島的西村，並挾持肉票二人而去。同年底，海盜猖獗，漁民在東碇海域釣魚，突被海盜登船劫奪，損失近千元。一九三三年五月，小西門吳光沛一家被盜匪入屋綁架五人而去，由壟口海岸登船而去，一個月後經馬巷駐軍於南安、同安交界之六甲井救出全部肉票生還，綁匪當場擊斃一人，逮捕二人押解漳州槍決。十月中旬夜晚，湖尾社陳烈在家被內港匪徒十餘猛綁架，揚帆而去。十一月份，金門縣警局大嶝分駐所警兵十二人，被匪徒二、三十人包圍繳械，引發槍戰，匪死一人，警死七人、傷三人，警槍均為匪劫得。

翌年一月刊載：大嶝、小嶝，盜匪如麻，自二日起至五日止，無日無之也，大嶝被綁一名幼兒，劫船二十餘艘；小嶝受害尤烈，全堡百餘戶被劫長達七小時，損失近萬元，被綁十四人。時至十九日，大嶝亦步小嶝之後塵，被馬巷王仔亮匪黨百餘人洗劫全堡，警兵無力可對抗。

至十二月，東州社陳忠在家，被二十餘猛盜匪洗劫一空，又將其本人及其曾孫幼兒一塊綁走。而同日湖前陳益總亦遭洗劫，損失近千元。越三日，烈嶼雙口林諒來，被十餘猛匪徒破門而入，洗劫財物後並將林某綁去。接著，汶沙堡英坑，深夜遭百餘猛盜匪，攜刀槍入鄉挨戶洗劫，間有張、黃二戶被劫一空，損失各為六千元及八千元，盜匪臨走時乃開槍數響而去。

一九四七年五月二十二日凌晨，有匪徒三十多人分成三股，一股前往沙尾街新益安布店，破門而入洗劫一空，一股包圍沙尾鎮公所，發生槍戰，另一股侵入縣參議員蔡承源住宅，在睡夢中將其槍殺畢命，然後，匪徒會合回到金沙港內登上帆船，向同安方向逸去。同月二十八日凌晨，又發生珠山歸國華僑薛天啟家中被劫事件，有六名蒙面大盜突入住宅，大肆搜刮二小時後，揚長而去，損失國幣一億餘元，金門縣警局組成五二八劫案偵辦。一月二案，浯島為之轟動，人心惶惶不安，人為刀俎，我為魚肉矣！「五二八劫案」發生後，廈門各報均詳為報導，並催促政府剋日破案，以慰僑情。軍警當局偵騎四出，前後逮捕二次嫌犯均因證據不足，交保釋回，案懸二個多月，直到八月二日，縣警局終於在廈門緝獲正犯陳允綿等七人，均為金門人，並起出贓物宣告破案。

次年四月三日深夜，沙尾鎮發生重大劫案，梧坑村歸國菲僑鄭廷海，被匪徒十餘人操同安口音者破門而入，人手一枝短槍外，更有手提機關槍一架，入室洗劫一小時，搜括一空而去，損失達國幣二十餘億元。

六、珠山小學新校舍興建，海內外鄉人同感振奮

一九四八年元月三日，珠小籌備會禮聘張坤生工程師蒞鄉測勘建校場地，認為原已定

案之小學與家廟聯合建築有失教育旨趣，應予分開。因此更移地點，東宮口、橋仔頭及圭峰均不妥，最後選定在龜山西側至龜尾井之間為適當。八月，主編撰一專文——愉快的呼籲：認為令人日夜魂縈夢牽，時時刻刻牽腸掛肚的珠山校舍之建築，籌備已大體就緒，佳音傳出，日內即將動工。隨後編者又再作最後的呼籲，要求海外同鄉不患寡而患不均，認為建校募款應由全體海外同鄉共襄盛舉，共同出力，不該由菲島同鄉獨任全責。蓋因珠山旅外同鄉主要分佈在菲島、星洲、印尼三地，人數大約各佔三分之一，海外捐款一向平均來自三地，獨漏其一或其二皆有不妥，恐有招致「奚為後我」之議！

不過，建校工程已經形同箭在弦上，不得不發。丞祝當時在菲島主持勸募，一呼百諾，立得美金一萬多元，囑咐崇武在鄉籌建校舍事宜。珠山校舍第一階段工程款美金一萬元，概由旅菲同鄉一力承擔，第二階段工程因經費尚無著落，本擬放棄，適鄉橋薛芳城由宿霧前往衣里岸，特為召集珠山同鄉會，決議第二階段工程繼續建築，所需款項由旅菲同鄉，照第一階段工程追加五成認捐。校舍完成後，旅菲同鄉既不居功，更絕無德色。

十月刊載：珠小校舍施工了。校舍建築經由建委會與廈門雲燦營造公司商洽後，結果甚為滿意，訂於十月一日簽訂合同，十日動土奠基，經過一年餘，這座宏偉的建築物，矗立在龜山之巔，驚動了全島人士，紛紛前來參觀。這所學校令人翹首盼望二十載，歷經千思萬想，千呼萬喚始出來。當校舍將近完工時，錦繡河山變色，軍隊於一九五〇年春天進駐校園，施工人員無法完工，只好各自返家，駐軍更視為己有，劃為軍事禁區。

七、顯影的回顧，珠山的記憶

身為珠山子弟的我，讀完《顯影》別有一番滋味在心頭，其一是，深以先賢為榮、為傲，主事者那種廓然大公，出錢出力又無私無我的精神，躍然紙上，值得後輩敬佩和學習。其二是，從首卷一直到終卷，所有念茲在茲，貫穿全局的就是興建珠小校園，雖然間隔二十年之久，仍舊奮起全力，眾志成城，終究完成偉大的理想。可是，遺憾的是落成的校舍偏偏不能作為教育之用，更不能為珠山所擁有，竟然淪為軍方所有，作為軍事用途，長達四十多年，豈非事與願違，教人情何以堪！幸好，在一九九二年一個因緣際會的場合方才歸還本鄉，真是遲來的喜悅，此可參閱拙著《珠山大樓還珠記》一文。

其三是，珠小是珠山的動脈，也是人才的搖籃，雖然，主編曾批判珠山人沒有耐苦的性質，遭遇失敗容易自暴自棄，但是，到底還能知恥知病近乎勇，傳承珠山那一縷永不熄滅的薪火，有志者事竟成。其四是，族群一向重視慎終追遠及飲水思源之觀念，然於薛氏祖墓不知所在，強調須對於木本水源注意及之，幸喜，薛氏宗親會於一九九六年完成此一艱鉅任務，找出墓穴所在並修建墓碑，此請參閱拙著《薛氏祖墓之發掘與修建》短文。

其五是，珠山的海外同鄉對故鄉的關懷備至，呵護有加，捐輸源源不絕，所以金門早年盛傳的俗話說：「有山仔兜厝，無山仔兜富」，其富庶完全是來自海外同鄉之貢獻也！珠山本鄉與海外同鄉原本保持密切的聯繫，珠山的光榮，我們曾經分享過；珠山的建設，我們一齊奮鬥過；珠山的困難，我們共同渡過。不論時間或空間都不能將我們的叔伯之份、手足之情分開，讓我們共同攜手合作打造未來美好的家園。但是，自從一九四九年之後，迄今五十年來，雙方的通信逐漸稀少，隔閡漸生，本鄉實應立即著手，主動伸出連絡之手，尋訪海外同鄉並加問候，否則，今日如果不做，明天就要後悔。

珠山村史重獲新生，電腦編輯優於影印。

2001／03／01

第二十一回　欣見顯影月刊重生

《顯影月刊》保存者薛少樓先生不為己私，樂意將孤本出借予國立金門技術學院江柏煒教授複製重刊，居功厥偉。江教授歷時三年終於完成出版，採用電腦高階掃描，重新製版編輯，建立目錄，以及編制頁碼，顯影因此脫胎換骨，再以嶄新面貌重見世人。令人深感欣慰，實珠山之幸，亦金門之幸也！因此得特別感謝江柏煒教授，以及研究助理詹智匡、翁芬蘭、楊宏茹、蔡惠欣、黃依雯等六人的不計辛勞和付出，終能化心血為結晶。感謝你們的努力和貢獻，顯影才能獲得重生，並且造福月刊的愛好者及使用者。

顯影月刊能夠獲得完好的保存，必須歸功於當年（58年前）顯影月刊社顏西林社長，因為他受該社發行人—表兄薛崇武先生之托代為保管。在當時（一九五〇年）的烽火歲月中，他是冒著犧牲生命的危險忠人之事保存下來的，比之於當年其他村裏的刊物盡行銷毀，唯獨顯影與顏先生一起僥倖存活，那是多麼的不容易呀！真誠感謝顏先生用性命保護月刊孤本長達四十八年，才能夠讓珠山後人有幸親眼目睹它的芳容，以及重回珠山的懷抱，此一緣起可參閱筆者所撰《顯影月刊，重見世人》一文。

當時從顏先生手中接過這一套孤本月刊時，我就下定決心要加以複製，除妥善珍藏原稿本外，並將複製本公諸於世。經薛氏宗親會理事會通過撥款影印，立即將原稿送交印刷廠影印及裝訂，費時三年印製三十套，總共送出二十四套予社會各界人士及圖書館。自一九九八年起，幾乎每年都有人上門來向我借閱顯影月刊，我從未拒絕，目前更出借到遠在臺灣的金門鄉親。我也經常留意社會上對顯影的回響，終於拜讀到金城國中楊清國校長發表於二〇〇一年一月七日金門日報副刊上《顯影月刊與珠山學堂》的專文，專注於討論珠山小學的教育方面。因此，我想見賢思齊焉，為社會大眾寫一篇有關顯影的導讀，於是在同年九月十六日同樣在金門日報副刊上刊登《顯影月刊，重見世人》一篇。

首次複製採用交商影印方式，印刷廠需將原稿孤本拆開逐頁影印，完成後再分別將原本及影本裝訂成冊。由於這一拆一裝之間，原稿受到相當程度的損害，保存人薛少樓先生（薛崇武先生之令公子）為之心痛不已，致使此後屢屢有人商借原本影印時，少樓先生概不應承。當江教授告知我準備再次複製，所做企劃案已獲得公務部門若干經費支援，欲商借孤本使用，我即將上情說明恐不易得，建議他改用影印本，反正他手上有一套，我也有一套，方便得很。誰知他堅持借用原稿，我心想就讓他去碰個釘子吧！哪承想，經過他鍥而不捨的聯繫與要求，並解釋整個複製步驟系採取數位照相製版，無須拆開肢解原本，所以不會發生損害情事，敬請放心，少樓先生最終點頭應允了。

之後，江教授告知我以上結果，而且複製經費大部份已有著落，又有原稿可以使用，真是萬事俱備，即將開工複製。承蒙他的高看，邀我合作共同出力，我自然是一諾無辭，專等主持人分派工作。自此後我一直安心等待，可一年過後遲遲沒有分配給我任何工作，但又不便吱聲。直到二〇〇五年十月二日下午，我在桃園國際機場準備搭機飛往新加坡與宗族文化協會南洋慶賀團會合，臨上飛機前接獲詹智匡先生來電通知顯影月刊重刊工作將近完成，江教授囑咐我寫一篇序文配合，我立即承諾，只問他啥時交卷？他說時間很寬裕，寫好了告訴他一聲。

誰知一等經年，卻等來江教授電話說序文不寫了。我問何故？他說複製後才發現影印本中把原稿遺漏了三冊，分別是新村卷、六周年紀念刊、周季工作紀念刊，現在必須將這三冊補進來。而複製經費是依照影印本估算的，如此一來導致重刊經費超支，只好把其他的相關文章及序文通通省略掉，情非得已。我雖然理解，也不免悵然若失，但情勢如此又能奈何，只落得一個無事一身輕罷了！

盼呀盼的，總算在今年盼到新版的顯影月刊，這重刊本又比先前的影印本漂亮多了，超棒的，既現代又進步，於是顯影重生了！月刊不僅在外觀及裝訂上高貴肅穆，在內容及樣貌上更是原汁原味的重現。從此，重刊本又賦予顯影月刊新生命，我又有緣再重讀它一遍，真是不亦快哉！

雖然，我未能參與重刊工作，不免幾許惆悵；但是，聽江教授述說重製過程中種種難處，心中更加多少不忍。他說教育部補助十八萬元，卻因為編製技術上的困難，以致進度嚴重落後，進而造成製作成本的增加，時間延長了二年，經費暴增九萬元，不得已只好咬緊牙根自行吸收。原訂重製十套，概估不敷所需，勉強追加到二十套，印製完成後，除了上繳教育部外，剩餘者只能分贈金門技術學院、政治大學、中央研究院、國家圖書館，以及日本東京大學、美國哈佛大學圖書館典藏。期望地方政府重視此一代表閩南文化之結晶，未來再版印行時能夠惠予撥款贊助，光大刊物之價值。

再一次讀完顯影，我不由然的又勾起在影印合訂本首頁上，顏西林先生的那篇感言，再回頭讀它一次，還是深受感動，無以名狀！茲照錄如下。

2007／11／10

影印《顯影》月刊合訂本感言

顏西林

《顯影》月刊創刊於民國十七年，為薛丞祝和施伍（薛永麥）主編，其後為澤人（薛健椿）主持。初為珠山小學校刊，報導珠山鄉訊，間有浯島新聞。當一、二十年代，金門民風未開，資訊閉塞，海外鄉僑，關心家鄉資訊，若大旱之望雲霓，《顯影》月刊之傳播鄉訊，大受僑胞歡迎，厥功至偉。迨日寇竊據金門，《顯影》一度停刊，舅父薛公永棟，秘密記載大事記，名曰「八年滄桑錄」，雖簡略記事，甚寶貴資料也。勝利光復，海外鄉僑，渴望家鄉消息，《顯影》乃應運復刊，由薛崇武主編，著重地方新聞，每月發行數百份，免費送閱。南洋群島各地，《顯影》光芒，無遠弗屆，深受鄉僑歡迎，三十八年風雲變色，《顯影》也無疾而終。

金門蕞爾小島，四面強鄰環伺，自清末至民國，金門無日安寧，緣政府昏庸無能，貪墨腐敗，加之外受大陸強梁劫掠，內則弱肉強食，民不聊生。翻閱廿年來《顯影》島訊，無時不有匪盜綁架消息，政府毫無保護人民能力。光復末期，時局蕩動，混亂至極。《顯影》負金門喉舌之職，公正執言，不怕權力，幾與槍口對立，於今思之，猶有餘悸。

三十八年國軍進駐金門，這部《顯影》孤本，寄存我處，軍管時期，人人自危。我四十八年秘密收藏，冒白色危險，為保存珠山「國寶」，如今得完璧歸趙，遂我心願，亦珠山之幸也！茲以金門薛氏宗親會有影印之議，給這孤本不致孤獨，十分慶倖，願同仁珍視之。

七十年前鷺島旅遊記，珠山小學生留下紀錄。

2007／12／07

第二十二回　三銀元旅遊廈門島

薛彩蓮

廿日　開眼界　我們十多人在廿日早晨七時，便飛也似的到後浦李先生家裡，剎那間，整陣到渡船頭，大約等候了半時久，即搭帆船。各各都全身心傾向著好久盼望得到的火船，神氣十分不安。行不多久，金星大船到了，誰都含笑趕上去。在轉瞬間，十三人幾乎有十人暈船。行差不多有兩時多久，目的地，已在行走溜過暈眩眼前，往下又搭小船，直到廈門永安公司。那時日已過午，休息片刻，小公司（小帳）已經到午飯，我們為要鎮定這欲空未傾的肚子，便立即吃飯。從中找味，看到底是廈門水添了何味？倒是同樣吃了一個飽。

全陣就出去青年會參觀，裡面有人玩乒乓球，有人遊戲別種的球類，檯上有好多的學生在體操。看完畢了，仍舊回到永安公司來。那時候已是不早了，剎那間，我們便吃晚飯，立即搭雙漿到對岸美麗可羨的鼓浪嶼、毓德中學校，就是我們立腳點，那時裡面的學生正在溫習，上著夜課，裡面的舍監看見我們到，十分的歡迎，預備了好多好吃的餅，請我們吃。我們也很敬意接受茶點。李先生和他們同學，敘了別後的衷情。就領我們到樓上去，往下又介紹，那時候也絕沒隔膜安置房宿，開了個小談話會，這便是一天結束了。

廿一日　日光岩的魔力　今天是我們參觀鼓浪嶼的日子到手啦！起初便是從毓德宿舍，直到觀海別墅，花園裡面的風景，特賜遊人有一種說不出很舒暢的神情，有許多的花木，都是人工和天然參半，各美其美，不可盡數。從觀海別墅走出，延西直行到日光巖，裡面的路曲折得羊腸似的。我們先登石崎，要上巖仔山頂，還須經過三灣的鐵梯，然後上到石的盡頭，就是鼓浪嶼的景物，無一不羅列眼前看得十分快活，真是詩人畫客，流連不捨的地方，尤其是對穿的昇旗山，昇的許多的旗，我認不大清楚。昇的是報告什麼？祇是知道有船快要到了的意思，看得目瞪口呆。

正是癡神滯思的當頭，同學們已經快走了，我飛身便也下山來了，這轉山速率便把眼睛張得更緊，假使不是有什麼大挫折定忘不了這最後一息。有意無意回到新華宿舍裡面，我們就和我們的教師投宿這裡住在一起，爭先恐後報告我們到廈鼓之勝景。唉！這時候便是我開始把所有經歷無論什麼，都好好要裝在記憶箱中。在回憶又讀到其景，回憶時的心景更覺津津有味。呀！就是現在回鄉的前後比較著，更有希望我們得天獨厚於自然界的珠山，能夠發展進化到那麼田地，不但不落空，我這場幻想的功夫，尤其是這季旅行得來的顯影真像快要活現呀！

旅外五天的我區區小意，便喜不自禁作此小小報告，用文字代轉，就是海外同鄉們，當必有一番莫大之貢獻才對。風馬牛不相及之我抱著熱熱期望，誰都要共同進行，預先建造理想樂園，再進而實現。尤其是我們這一次到廈去，看著那影戲中的海外英雄，所以我心目中又是認定海外諸同鄉，有可以造就的力量和價值之必要。更不可持了寸鐵來給這熱熱小心靈到那吶喊的境地，積極的進行罷！還是不客氣請替我下個判斷「是鼓島的美呢？還是巖仔山上才有真美」？這是我最後的呼聲。

廿二日　心田的無形改造　我們十多人在今日早晨七時半，就跟著男女同學們到斗米路頭搭電船去，那時候大家都坐得很舒服。剎那間，便到廈大附設模範小學，不費手續，大家就進去參觀，裡面有貼著很多藝術的成績，我看得可也非常醒目，那時候他們正當佈置學校，預備那天下午要開「懇親會」，我們看得好久無微不至的參觀過了。因為這是破天荒的一次，瞳孔為之一放幾乎不知可收縮啦！校中有個同鄉又兼是級友金棗。當我亂個不休的心思癡神，迷糊恍惚破口叫著K，我們現在快要到永黍先生的家裡，經過海軍無線電台從前萬斛心思情緒盡要攪碎，到了便坐了。

不多一會，永黍先生就和我們到南普陀，裡面有許多的佛，各座都是很大又很美麗的，也有很多的相片，其中所照完全是很好的景致，給人家看得能引起趣味，而且四面景象盡可悅心怡目。這午餐我們就在這裡吃米粉，大家吃完畢的時候，永乾先生就叫我們到中殿的八卦樓照像。我們就整陣到自來水池，其中就是有三個，水是兩格清的一格濁，大概是六尺深，看完以後，便到自來水池前邊樓是化學室，裡面有很多的試驗器。那個化學師有試了數種植物品給我們看，也有拿一隻很微細的小紅龜，放在百二十倍的顯微鏡內，便成了像碗面的大。再試一條頭髮，好像末指無疑，我看得皮膚的毛也硬要宣佈獨立。

看完了的時候，我們又整陣要到永黍先生的家裡，有經過一所玻璃屋，裡面有罕見熱地的花果，各種都是很美麗又整齊。因為玻璃屋是可受日光而溫度更要高不能受風諸花木而預備，使人看得心一種有說不出來的快感，看差不多有十分鐘，大家仍舊到永黍先生的家裡，那時永黍先生娘有許多熱烘烘的餅，給我們吃。她又彈鋼線琴給我們味上加味，真是極盡一時之快，神志鎮定，聽到完了，還是餘音不絕在心中旋轉一周。仍舊整陣直行到永安公司，那時候已近黃昏，心是何等天真和聖潔。正要依舊沉思考慮，討厭的晚餐陳列，大家就圍著一大圓棹。夜裡休息，有在廈相識者，我們很起頸在這時候源源而來啦！把今天的工作現在盡要報告報告，談笑的……，又繼續到睡鄉去作甜夢，簡直我到仙境去呀！

廿二日　熱忱心神拋盡　如今到廈門已逾四日，中間雖遊些地方，但都是過眼雲煙，我們大家又是缺少了真心鑑賞之可能性，無精打睬的溜過，更留不下印象。只是在那集美小小鄉村裡，竟有那麼巍峨偉大的學校值得人家遊覽。最有意思，最可回憶，過去的盡是過去，絕無潤澤這枯燥無味的心田，不能得來多大的感慨。溶洽在一起無端的黯然，希望快就飛身便到的集美，期待著的心弦緊張得快要爆了。在半意識中，K師鐵板不易發出要行了的號令，這是想像中的幸福。一同行到美人宮搭電車去，那時候大家坐得很舒服，高山峭壁不及一注，而過得不可思索唷！汽笛一鳴又是和開始要行同種的音調，可是這報告已到了，到的是高崎。

要到集美還有必要之水路，我們就整陣到第二次來的電船去，直到集美處處都缺不到人家的招待，因為到處都有同鄉們在那裡。現在自然要讓TS君去預備開水，給我們試試集美的水質，而且可以止渴，就不客氣飲著。這是清注先生從集美校中菜館叫來的菜，又要請我們一試，我們也就帶謝而不及道謝飽。開始便到音樂亭照像，整陣到博物院，裡面有一時說難盡的動物，有虎、鹿、猴、狗、貓、鼠、鳥……同類而異者。一出博物院，不回顧到女師中學參觀，裡面有好多人看書。因為我們去的是星期日，所以她們都依例停課，各各自修去。參觀完畢，時候還是早，大家仍到T君的宿舍，那時有二位的先生，買旺梨、柚給我們吃，休息大約一時久。大家再到渡船頭搭電船，不多一會，仍到高崎，這時那裡有一輛電車，我們快要包車式全體一致坐著，行不多久，前邊也有一輛車子，很得意似的五十五飛駛而去，我門要望他們的後塵。那時候勝負就是我們自己也覺得非常好笑，激勵中又不住高呼拍掌鼓舞起來。司車員給我們掌聲鼓吹起來就有時放到五十八度，要決個前後，在不當意之中，已經到車站，汽笛報了，一轉彎便停止，給我一幅熱沉沉的心神為之一拋而盡矣！

廿四日　最後的一天　嗳唷，此行的目的，莫非是為著眼光如豆之我們。教師常在上課的時候，講了些課外的事情，結果還是一無所得，那麼才知道閱歷之缺乏，眼光縮小，而且生活過得像鐵板印，絕無生機，全然相同，一日忽然過去一日，無彈性似的。L師常要告訴我們說：「你們到學校來不但是專事於識字」，於是有旅廈之舉，也就到這比較金門繁華的廈島來。嚇！真是人山人海，無時無地不在嘈雜中過活的廈島。我知道好靜不好動的人家不重贅而定感糟糕，到頭暈目眩，可是遊興勃勃之同級們，在今天又是異口同聲爭求到久已聞名之同文書院參觀底細云。K師也因為要成全希望，而答應我們最後的要求，同行之中真是感得分外暢快。

但在同伴講個不休之間，我仍無所表示，著反對還是讚成。經S開了你「去不去」的叫聲，叫回這霎時墜入五里霧中什亂的思想，我便索性回個「去」的反應。衹是眼球又似乎沒感覺，又好像在注視什麼東西，澈真又在賣呆，可是同伴已俱著熱熱心腸腳步踏緊碰碰到樓下去了。我有意無意跟在後面走，上崎下崎也就到了不斷讀書聲的同文，和那碧綠的海水澎湃聲合拍著，呈著莊嚴的現象。門房代我們傳遞名刺，接著後邊跟了個葉先生來了，往下立即打電話到第一宿舍的辦公室，告訴第二校舍有人來參觀。

從此加了我們的威風，連三接四來了個臉部已有黑白參半老教師，後來經過名刺上介紹得來的葉先生介紹了，知道是周校長。現在校長因為有事要他去辦公，也就道歉似的，請葉、張二位先生領導我們到會客所來。大抵早就知道我們要到，所以茶點已整備了，又是我們剛吃飯出來，也就不能夠一嘗，領意就是。談起兩校詳情，我們注意集中聽著，知道辦的中學部，又是行三三制，而兼附設高小二年。一會兒到教室參觀去，各級都有分組，因為人數過多，在一堂不但教師之不夠，而且教室等等的關係，這可就一觸目便知道他們辦來卅年久的成績，尚有可觀，學生竟有五百左右。

就是在上課的體式，又是絕不動彈，很注意在教師之講授中目不轉睛，我們一出客室外來，便有一陣喉底聲跟我們腳邊來，大概是交頭接耳的互談，也有探頭探腦到門外，學生的真面目從那裡覺察出來，到底還是學生時代要好奇的定了他。裡面參觀到化學室、動植物室可要完結了，就表示有一種說不出的歡悅便回來。明天不慌不忙要回家，有要預備回來，弟弟妹妹要手舞足蹈等我的姊姊來有糖果吃的東西。

廿五日　早晨我們又齊整了十三個不大不小的皮箱，一面向著這深藍色的海裡來了，小船撥著水波一起一落又到大船上了。汽笛報告我們在啟行，從此漸漸的不見繁華的廈島，到孤輪的海中，又是一時飛來不快之感，大抵船中過於雜亂罷。又是回到落寂的浯島來了，心中為之帳然，一切都過去了。留印在我的腦海中的，也就是三元零三占的代價（本級此次往廈門旅行平均每人花了三元零三占）。

附註：

文中的李先生為珠小教員李晴嵐女士，卒業於鼓浪嶼毓德女子中學；薛永乾亦珠小教員，畢業於福州英華書院，曾執教宿霧中華中學及鼓浪嶼養正小學，為《顯影月刊》創辦人之一，顯影二字即由其命名；薛永黍先生係金門第一位出國留學生，榮獲美國密西根大學歷史碩士學位，學成歸國後即任教廈門大學多年，並兼任附設高中部主任，於一九三六年十二月接受星洲華僑中學之聘，出任校長一職。

薛彩蓮係薛永浪先生之千金，遊記寫於七十七年（一九二八年九月）前，發表於珠山《顯影》第一卷第一期。

紅宮烏祖厝，信仰的中心。

2001／04／01

第二十三回　無廟無宮鄉里袂興

珠山薛氏一族自開基祖薛貞固公，於元代至正五年（西元一三四五年），由廈門禾山奄兜村渡海來浯島繁衍，擇居於太文山和龜山之間盆地，村民稱為「薛厝坑」，即今日之石井坑。此後族人又漸漸遷移到龜山和雞奄山中間，村名改稱「山仔兜」，村莊正中央有一池水塘，風水上稱為「四水歸塘穴」，代表富貴不斷。民國初年，村名再改為「珠山」，因為村落山明水秀，樹木茂盛，巨石成岩，當時即享有「模範村」之令名美譽。一九三〇年，時任金門縣長陳紹前參觀珠山，盛讚風景秀麗，特別題詞相贈：「珠山交輝清幽第一，山花怒發燦爛無雙」充分呈現寫實的意境。一九五〇年，國軍進駐村莊，就在村子入口處豎立二道水泥山門柱子，題詞：「珠海無垠碧波千頃，山河永固正統萬年」，充滿枕戈待旦之意味。

廈門禾山奄兜村有薛令之的墳墓存焉，令之公為福建省福安人，唐朝中宗年代為閩省以詩詞首登進士者，故有「開閩進士」之稱，累官至左補闕，兼太子侍讀，致仕後避居廈門，逝世後葬於下張社，但那也只是衣冠塚而已，今薛氏家廟正廳所掛之「開閩進士」匾額，乃薛氏族人追述開閩始祖之意。薛氏宗族繁衍至明朝，人才輩出，鄉賢薛仕輝少年時投筆從戎，掃蕩倭寇，戰功彪炳，累官至御殿總提督，為從一品官階，今日薛氏家廟大廳中央所懸掛之匾額「御殿總提督」正是敘述先賢之功名。明代大臣王守仁為薛瑄立下「理學大臣」匾額，係進士及第，累官至禮部佐侍郎兼翰林院學士。

到了清朝，薛氏人口興旺，物力、財力充足，族人基於「無廟無宮，鄉里袂興」之理念，乃由族老薛繼本倡議興建「薛氏家廟」，於乾隆年間，西元一七六八年建造，迄今已有二百三十多年歷史。鄉賢薛師儀年少時從軍，投入清代金門鎮水師，於咸豐年間（西元一八六一年），累升至金門總鎮，為金門人唯一出任過金門鎮總兵者。薛總鎮為官清廉自持，剛正不阿，兩袖清風，誥封「武功將軍」，賜建宅第，稱為「將軍第」，其大門外的門口埕立有一副旗竿座，用來升掛官旗。今天薛氏家廟大廳上所掛之「總戎」匾額，也在述說先賢之功績。

一七七一年，鄉人繼薛氏家廟之後又公議建築「大道宮」，落成後成為里人之信仰中心。大道宮一年當中有二次盛會，一次是農曆正月十五日元宵節的點燈、點蠟燭及乞龜活動；點亮盞盞花燈及供桌上的鉅大蠟燭，宮裡頓時一片燈火通明，大放光芒。另一次是農曆三月十五日，大道宮奉祀主神保生大帝聖誕，全村必須總動員辦理建壇作醮，出動神輿巡行遶境鎮五方及犒軍。

薛氏家族自開基祖到第四世並未分房柱，直到第五世才分成仁、義、禮、智、信五房，到了第十二世就有族人薛仕乾分支到澎湖的內垵，後來又有人移往彰化的鹿港和田中，到十六世開始移往南洋發展，於清代末年達到最巔峰時期。所以，在民國前後，大量的僑匯湧進珠山來，造就了珠山的繁榮。當時金門流傳著一句話：「有山仔兜厝，無山仔兜富」，山仔兜的富庶冠全島，其實並非在地本鄉人的成就，完全是來自旅外宗親所寄回來僑匯的貢獻。自民國以來到中日戰爭之前，從廈門來最好的珠寶商和戲班子，第一站一定是到珠山販賣珠寶和演出戲劇，然後才會轉往後浦或其他村落去。

只可惜，一廟一宮均遭受發生於一九五八年的八二三砲火的流彈擊中，毀損嚴重。在砲戰過後，首先由村中長老薛敬仲召集宗親捐資修葺薛氏家廟，花費舊台幣二萬二千多元。其經費來源如下：一、旅菲宗親七千六百元。二、旅台宗親二千四百元。三、珠山宗親丁口一萬八百元。四、泗湖、後垵、安岐宗親三千一百元，合計募得二萬四千元。

越十年，族人又倡議修建大道宮，二位負責人疑因收取承包商回扣，竟將宮中龍虎井一併用水泥灌漿灌成樓板，導致宮內黯淡無光，不但失卻原貌，而且不堪使用。更因監督不週，被包商艾某人偷工減料，草草完結。鄉人薛永化憤而赴內政部福建省調查處舉報不法，後經族長薛芳成出面勸解，才又撤回舉發而落幕，但還是難杜眾人悠悠之口的指責及議論紛紛。此次修建工程失敗，仍然耗費新台幣十一萬八千餘元，其捐款來源如下：一、旅菲宗親六萬二千六百元。二、旅星宗親一萬五千二百元。三、旅台宗親一萬八千四百元。四、金門宗親二萬八百元。合計募得十一萬七千元，盡付流水，該二位主辦人實在難辭其咎。

之後，又過了十五年，再度重建「大道宮」，由薛芳成族長主持，將上次工程全部打掉，重新建築，依照原貌修建，費時二年完成，共計花費新台幣一百四十六萬多元。落成後並舉行奠安及開光慶典，開支八十九萬七千餘元，盛況空前，為珠山百年來之一大盛事，轟動全島。時任縣長伍桂林，應邀蒞臨觀禮，稱讚有「世家風範」，為鄰村所不及。

一九九四年，筆者意外當選「金門縣薛氏宗親會」理事長一職，遇上金門地政所辦理土地補登錄，除了申請補登記村中之未登記土地外，順便清查村內所有房屋之地籍謄本。赫然發現珠山六十號之薛氏家廟，已被某不肖子孫在一九六三年十一月十四日登記為所有權人，以補登記方式持有長達三十三年，令人匪夷所思！試想薛氏家廟乃公共財產，為全族宗親所共有，絕非任何人所能擁有，因何登記為該人物所有？應該請他解釋分明，交代清楚，說明是何居心？所為何來？以免留下終身污名和罵名！

同年，因家廟內樑柱遭受白蟻之患，族人又提議局部修建薛氏家廟大宗，經徵詢卜卦師，告以需四年後（農曆虎年）有利年方可施工。乃商請金門國家公園管理處長李養盛，請其於四年後編列預算補助珠山照原貌修建家廟，承蒙李處長慨然允諾，並且信守承諾於四年後補助一百五十萬元。並於同年修建鄰近之薛氏家廟小宗，費時一年光景完成，乃擇定於二〇〇四年十二月十五日至十七日，舉行兩棟家廟奠安慶典。

呂宋龜起大厝，華僑光宗耀祖。

2001／05／01

第二十四回　珠山大夫第五兄弟

「大夫第」建造的時間迄今至少有一世紀以上，房子的主人兄弟五個年輕時渡海遠赴菲律濱之呂宋島經商致富。衣錦返鄉後啟建豪宅，並在清代捐納銀兩，取得「大夫」官銜，但是，在清朝官制中，大夫並非實授官職，係無職無權之散官，鄉人乃稱其住宅為大夫第。此宅與村中「將軍第」之營建有所不同，將軍第之主人薛師儀少年時從軍，投入清代金門鎮水師，於咸豐年間（西元一八六一年），累升至金門總鎮，為金門人唯一出任過金門鎮總兵者。薛總鎮為官清廉，剛正不阿，兩袖清風，誥封「武功將軍」，賜建宅第，其大門外的門口埕立有一副旗竿座，用來升掛官旗。

大夫第五位兄弟屬於薛氏宗族第五房，父親為薛允二先生，兄弟分別是紹集、紹鑽、紹德、紹悅及紹禮，五人先後在珠山創建大夫第、下三落、大展部、兩所三蓋廊及涼亭仔等六棟巨宅。「涼亭仔」為珠山六十九號，位於「宮橋潭」邊，依潭而建，為坐北朝南的二落大厝，正好與坐南朝北的「大道宮」隔潭相望。傳統民居一般都都很忌諱「宮前祖厝後」，不願意蓋在宮廟的前面或宗祠家廟後面。因此，這所住宅的大門便改向朝東，並在門口埕加蓋一座涼亭，可以乘涼，也可以垂釣，此種住宅加蓋涼亭於大門口的型式，為珠山所僅見，即使在金門古厝中也是極為罕見。屋內大房闢建一間地下室，出口在院子，這地下室究竟是原始建築所設，抑或是後來增設？不得而知。但是，可以確知的是在一九五〇年代就已經在使用中。兩所「三蓋廊」緊鄰涼亭仔，為六十七號及六十八號，均為坐北朝南一模一樣。「大夫第」係由老二薛紹鑽起造的，其規格是前後二落大厝加左右二手護龍，真正為一幢巨宅，如此規模的房子在珠山還不多見。此外，在左手護龍裡設有一口水井，泉水清澈一向源源不絕，當自來水尚未裝設之前，水井提供住戶良好的生活機能。這幢宅第並在左鄰空地上，另闢書齋和花園作為招待貴賓之所在，巨宅歷經上百年的風吹日曬雨淋，漸漸顯現破漏和老化，不適居住，現今屋主乃就近建造一棟新式水泥洋樓居住。

直到金門國家公園管理處於一九九五年十月十八日成立後，開始大力推動古厝修建工作，除了補助居民照原貌修建經費外，更直接斥資進行修建古厝，只需屋主同意轉移使用權三十年予國家公園即可。原本國家公園在珠山看中的首選建物乃八十二號的「薛永南兄弟大樓」，惜因產權問題而擱置。過後才相中大夫第，所有人薛永燦在毫無前例可循的情況下，毅然決然地簽下契約，將屋子交由國家公園修建，完工後脫胎換骨，煥然一新，美侖美奐，重現昔日風華。鄉人看後讚不絕口，更因此引起見賢思齊焉，接著，第二棟、第三棟皆循此模式交給國家公園修建完成，恢復原貌，古厝因而獲得重生，堪以告慰先人創建的心血結晶。「下三落」為老三薛紹德所建，結構宏大，其格局安排係採取廈門禾山奄兜村某位薛氏宗親之住宅模型。此宅坐落「大社」和「小社」之間，完成後使珠山住宅因而連成一氣，改變了全村的景觀，「薛氏家廟」更再無形中成為「四水歸塘」格局，讓珠山變成浯島慕名前來觀賞之村落。「大展部」則係老五薛紹禮建造，四周以紅磚築起圍牆環繞，自成一獨立天地，僅在東側中間開一道門戶。所謂大展部，乃傳統建築語彙，將二落及雙護龍加大尺寸之意，也就是把房子放大展開來。「三蓋廊」及「涼亭仔」應為老四薛紹悅所造，由於下三落和大展部完成後剩餘之土方，都堆積在下三落後面之低地上。為了壓實土方之地質，除了使用石輾滾壓外，屋主想出一招用人的體重去踩壓，安排「擲炮塔」遊戲，利用眾人踐踏夯實土方，可以說是寓建設於娛樂中，真是高明。擲炮塔遊戲的規則，凡是參加者，如能點燃鞭炮擲往炮塔上之鞭炮將其引爆者，即可得到一份紅包。經過眾人不斷的踐踏結實後，便在此地上建好二幢三蓋廊及一幢涼亭仔，就是今天的六十七號、六十八號及六十九號。

金門留學第一人，掌星洲華僑中學。

2001／06／01

第二十五回　愛國教育家薛永黍

珠山早年由於旅外華僑供應故鄉的橋匯源源不絕，造就珠山的富庶和繁榮，在民國初年即贏得浯島「模範村」的美譽，至今仍為村中長老們所津津樂道，並深深引以為嘆。珠山因為經濟富裕，進而重視教育、培養人才，文風鼎盛，最傑出的文化事業，首推《顯影月刊》之發行。

一九三三年七月《顯影》第七卷第七期「我們所希望於未來的珠山」專欄中，薛永黍君撰文如下「珠山建社係在明朝，至今當有四、五百年之歷史，人材輩出，物質興盛，以及文化之發展代代不替，幾為國內之鄉村所罕見，足以在金門島中享有模範村之令名，可謂幸矣。惟來日方長，吾等應繼續努力奮發，以達到止於至善之目標，欲達此一目標，最低限度鄉中當具有下列之顯績，一、教育方面，全體鄉人包括男女在內，皆應受過高等小學之教育。二、民生方面，男子受過教育後，便須有職業。三、衛生方面，鄉中常駐一名醫生，對於公共及個人衛生時加注意及指導，道路逐月清掃，路旁種植花木，建設一座小公園。四、自治方面，鄉中設立一自治團體之組織，該機關負有調處鄉人爭執之任務與權力」。

薛永黍先生為金門出國留學的第一人，出於一八八九年七月三十一日，永黍先生榮獲美國密西根大學歷史碩士學位，學成歸國即在一九二四年出任廈門大學教授多年，時廈大創辦尚未及三載，並兼任附設高中部主任。薛永黍於一九三六年十二月接受星洲華僑中學之聘，出任校長一職，堪稱是一名傑出的愛國教育家。新加坡華僑中學係由陳嘉庚先生於一九一九年創辦，迨盧溝橋事變發生後，陳嘉庚先生號召愛國華僑掀起抗日救國的熱潮，薛校長亦發動華橋學生愛國家和愛民族的精神，支持祖國人民抗日救國。

日軍侵略新加坡，薛校長不顧個人安危，冒險為華僑中學教職員工四處奔波，向董事會爭取若干遣散費用來安頓教職人員的生活。在奔走途中，幾忽被流彈擊中，這種臨危不懼、堅持負責捨己為人的情操是何等高貴，所以贏得全校師生的欽佩和敬愛。日本投降後，薛校長又肩負起學校重建的重責大任，在百廢待興、困難重重當中，著手進行已經停辦數年的復校工作。華中校舍受到日軍毀損於前，此時又被英軍佔用於後，薛校長因此四出借用教室安排學生上課，歷經二年的慘澹經營，終於收復校舍和漸復舊觀，就讀學生人數迅速由三、四百人增加到七、八百人。印尼及馬來西亞的青年學生，也紛紛前來就學，華中已儼然成為南洋最高的華人學府。

薛校長在治學上，採取開明和開放的教育方針，著眼於啟發學生的自動自發和自治，廢除消極的管制和懲罰。在用人上，採取知人善任，兼容並蓄。成立學生自治會和學生宿舍及膳食委員會，由學生自己管理生活。此外，為了提高學生的寫作能力，活絡學生的思想文化，還鼓勵各班學生踴躍編寫壁報。因此，大幅提高華中學生的文化水準和思考精神，尤其難能可貴的是，培養了學生熱愛祖國、熱愛中華文化的愛國精神。經過十年的辛勤灌溉和經營，校務蒸蒸日上，邁入全盛時期，誰知，禍從天降，一場災難隨之而來，改變了薛校長一生的命運。

一九四八年五月，華僑中學和南洋女中二校的學生自治會聯合向薛校長申請，於五月四日在華中大禮堂舉辦紀念大會獲准。此項五四紀念會，參加的二校同學非常踴躍，大家都願意向祖國的同學看齊，學習他們的精神。孰料，此一學生熱愛祖國的表現，卻引起新加坡英國殖民政府對華中董事會施以極大的壓力，迫使董事會負責人不得不出面要求薛校長制止學生活動。但是，薛校長答以：「先生倘若不滿意我的辦學作風，我可以立即辭職」。充分表現了薛校長剛正不阿，大義凜然的氣慨，無所畏懼地辭去校長一職。

薛校長辭職後，一家人生活立即陷入困頓，隔年，更慘的是又陷入牢獄之災，在華中五四紀念會和一些莫須有的罪名下，竟然被捕下獄。在獄中引起數症併發，延誤就醫，及至後來病情轉重送醫，已經藥石罔效，至次年十一月十日遽然撒手人寰，享年六十三歲。一代和藹慈祥、愛護學生如同己出的愛國教育家，甘為發展中華教育而至鞠躬盡瘁的殞落星洲，豈非令人浩嘆不止，嗚呼哀哉！

永黍先生即顯影月刊主編之一薛永麥（施伍）之令兄，係薛如崗長子；薛如崗於清朝末年渡菲，發軔於衣里岸，然後發展至宿霧，創設芳成行，經營土產及航運，一九一〇年病逝於家鄉。

打虎親兄弟，三兄弟同心。

2001／06／01

第二十六回　薛永南兄弟同心

珠山薛氏族人第二房薛景宣先生育有三子：國楚、福緣、永浪，國楚又明永南，福緣又名永棟；二女：含忍、玉柳。永南兄弟三人早年（一八八九年）依隨親戚遠渡菲律濱謀生，在衣里岸創立永昌公司，另在蘭佬市設永隆分行，繼在宿霧市設立協記公司，以及在馬尼拉設泰記分行，兄弟開創事業有成。於一九二八年榮歸故里，興建歐式風格洋樓一棟，自三月中旬開工，至九月下旬完工，命名為「薛永南兄弟大樓」。永南先生自二十一歲出外，歷經三十九年奮鬥，衣錦返鄉時已整整六十歲，考其特加此兄弟一詞在內，藉以表明兄弟三人遠赴千萬水之外的異鄉奮鬥，成就非凡，端在於兄弟三人兄友弟恭，同心協力，其利斷金之故也。洋樓竣工後，並在二樓陽台牆壁石碑上刻下工程建築師：石匠莊來生、木匠陳來生及土匠鄭古余的姓名，用資紀念，與大樓共存共榮，可見起造人對於匠師們的充分尊重和禮遇，以及對於建物充滿了人文關懷。

新廈落成喬遷時，景宣夫人尚且建在，享壽八十七歲高齡，四代同堂，子孫五十餘人承歡膝下，為家族全盛時期。外事概由永南主持，一派和平，內務由妯娌三人輪流掌理，一家相處和諧，未曾有過任何爭執發生，殊屬不易。每日三餐依長幼次序就座，男先女後，分次分批上桌，由於人口眾多，為全村之最，呼叫困難，故在屋簷下懸掛一口銅鐘，到了吃飯錢敲鐘數響，聲聞全村，家人自動陸續返回進餐，有如古人所稱「鐘鼎之家」，同時村人亦以此鐘聲來推測早晚時光，稱洋樓為「番仔樓」。

越五年（一九三三年六月），薛永南兄弟因感於年來四處盜匪如痲，為防患於未來，要求防禦之牢固計，特就圍牆之地面上，改造一座二層之瞭望樓，稱為更樓。四周均以舂牆方法築成，質地十分堅固，施工費十二十多天完成。

薛永南擅長外科醫術，凡經調治後，無不根除，堪稱國手。又自行練製「英仔膏」，專治癰疔及無名腫毒，，具有特殊療效，遠近知名，而且，對於患者一概免費贈送。

根據《顯影月刊》十一卷三期於一九三四年十一月二十日所載：珠山鄉長薛永南，生性慷慨重義氣，任事負責又認真，歷年主持鄉事深得里人信任，生前連任珠山小學校董十二年，貢獻卓著。足見永南先生行事風格豪邁，對於鄉里公共事務及教育事業，盡職又負責任，廣受鄉人及教師的認同與肯定，為人處事具有國士風範。永南先生因病臥床不起，病中不喜服藥而無救。於二十四日晚終至與世永別，享年六十六歲。越二日出葬，各地親友蒞鄉執紼者甚眾，珠小學生亦全體列隊至其墳前致禮，並獻花圈以表達其生前對珠山小學之功績。

薛永棟先生於一九四三年二月十二日逝世，享年七十二歲，當他六十六歲時，特地將其一生行誼寫成《六六自述》，寫完後正逢對日抗戰，日軍登陸金門，即閉門撰述《八年滄桑錄》未竟；次年，令弟薛永浪先生亦與世長辭，得年七十二歲。時為中日戰爭爆發，日軍鐵蹄佔領金門期間，一切喪事從簡。遺憾的是，菲島永昌公司和協記公司，經營垂四十餘載，不幸毀於第二次世界大戰中，日本所發動的太平洋戰爭，破壞殆盡。

光陰似箭，日月如梭，轉眼時序已到一九五八年，浯島經過日軍佔領光復後，好不容易再度恢復寧靜的村落，又掀起一陣狂風暴雨和驚濤駭浪，幾乎把土地都掀翻了。那便是在八月二十三日這一天，震撼全球的八二三炮戰爆發，當天村人起初以為是國軍在進行演習，不以為意，誰知突然幾枚炮彈掉落村裡，方才恍然大悟，知道是真的打砲。村人即刻公議在薛氏家廟後雞奄山腳下挖掘二處土洞躲避，挖掘工作進行數日完成，可在洞中燒水煮飯。然而，在一周之內房屋中彈數棟，死亡七人，恐懼之心和悽慘之情襲上人人心頭，村中觸目所及盡是斷垣殘壁，滿目瘡痍，昔日模範村之風貌已不復見矣！入夜漆黑人靜，寂寥無聲，只聞狗嚎，宛如鬼城一般恐怖。

此場砲戰持續轟擊不歇，直到十月八日，金門當局決定准許民眾疏遷到台灣避難。是日接受登記，次日在料羅灣搭乘二一七號軍艦，於雙十節早晨駛進高雄，全島共計六千餘災民遷台。這場砲戰在短短四十五日之內，面積只有區區一百五十餘平方公里的彈丸小島金門落彈四十二萬多發，死傷無數，倖存人口無不慶幸自己九死一生。

斯時，洋樓主人薛崇武一家二十幾口亦在此波大疏遷中赴台，並輾轉定居於台北縣中和鄉金門新村。崇武兄即永棟先生之令郎，丞祝先生之令弟也。獨留空樓冷對夕陽斜照，令人感慨無限，不勝滄桑和唏噓！空屋便委託留守村中族人就近看管，隨後由惠安籍石匠蘇景南一家居住代管了二十多年，蘇家離開之後，番仔樓從此人去樓空，轉眼之間又過二十載矣！如今，洋樓在見証過日軍蹂躪八年、國軍轉進十萬大軍、共軍轟炸四十多萬發炮彈後，經過一番浴火鳳凰重生，再度展昔日的獨特風華。

海外第二個故鄉，菲律濱衣里岸市。

2001／07／01

第二十七回　珠山人海外故鄉

菲律濱南部衣里岸市，堪稱金門珠山的第二故鄉，光是薛氏族人丁口即達數百人。在該市有幾戶薛氏華僑經營事業卓然有成，於當地商界及經濟地位舉足輕重，其中尤以薛祖安為佼佼者，祖安先生於一九三七年由珠山隨其令堂移居菲國，自一九六六年起至一九八二年止，連續擔任衣里岸市菲華商會會長一職達十六年之久。隨後又出任衣市金門同鄉會理事長，卸任後獲選為該會終身名譽理事長。

祖安先生旅居菲國已是第五代了，其高祖父薛學翰先生始於一八六五年，年方十八歲隨同廈門禾山安兜村薛氏宗親抵達馬尼拉，即轉往宿霧市，旋返回故鄉珠山結婚後再遠渡重洋，移居衣里岸市，經營土產和雜貨。當時菲島回教徒與天主教徒之間時常發生爭鬥，學翰先生以和善仁愛之態度，周旋於兩教，化解紛爭。以致後來兩教之間若有爭端發生，都會來要求金門人出面調停。學翰先生傳子如阜，三傳永栽，四傳長安，第五代為祖安、祖彬兄弟六人，祖彬先生為現任衣市金門同鄉會理事長，薛家旅菲年代有史料記載者已有一百四十年之多。

薛碧玉先生為另一支薛氏家族，碧玉先生創辦聯芳公司，二傳芳熙、芳邑、芳城三人，但定居該市的僅有芳城之後裔，三傳永美、永策、永志、永利及永新五人，永美哲嗣承斌留學英美，獲頒企業管理碩士學位，克紹箕裘，經營聯芳公司。薛芳城為人豪邁有膽氣，一九四七年十一月，返回珠山為其次子薛永策與周仙姝女士主持結婚典禮，這項婚禮最特別之處是，結婚不忘教育，建家等於興學，撙節開支國幣一千萬元，移充珠山小學建校基金，此舉不獨為珠山之幸，更是珠山之福！次年七月，芳城先生再為其長子薛永美與李摩梨女士主辦婚事，把親友賀禮四億五千萬元，並節約費用一億五千萬元，總共六億元，折合美金六百元，全部移充朱小建校基金，紀錄之高，令人振奮。

同月，里人薛承爵又名承祝，曾與薛永麥又名施伍同任《顯影月刊》主編多年，還在菲律濱衣里岸主持勸募珠山小學建築基金捐款事宜，一呼百應，立得第一階段工程款美金一萬多元，建校工程因此形同箭在弦上，不得不發。然而，第二階段工程款尚無著落，本擬放棄。適薛芳城由宿霧前往衣里岸，發揮臨門一腳，特為召集珠山同鄉會，決議第二階段工程繼續建築，所需款項由旅菲同鄉，依照第一階段的工程捐款追加五成認捐。至此，珠小新建校舍順利施工，並於一九四九年底完成大部分工程，新校舍巍峨壯觀，美侖美奐。

薛前渺先生為另一家繁盛之族，前渺先生年少時同其令堂定居菲國。於一九四七年返金結婚後，旋即攜眷定居衣里岸市，二傳芳規、芳獨、芳園、芳傑四人，三傳永德、永立及永文三人。

薛永南兄弟三人為另一家族，三人於一八八九年依隨親戚遠赴菲國謀生，其中老二永棟年方十八歲，越八年，在衣里岸市創立永昌公司，另在蘭佬市設立永隆分行，繼在宿霧市設立協記公司，另在馬尼拉設泰記分行。老三永浪留在宿霧市經營協記公司，二傳春樹、春田、春園、春滿、春河五人。永南兄弟在異鄉奮鬥期間，菲國歷經西班牙統治，繼由美國統治的殖民地時代，再到菲律濱獨立建國三個時期。

經過三十九年的打拼，三兄弟於一九二八年榮歸故里，興建歐式風格洋樓一棟，自三月中旬開工，至九月下旬完工，命名為「薛永南兄弟洋樓」。考其特加此兄弟一詞在內，藉以表明兄弟三人遠赴千山萬水之外的異鄉奮鬥，成就非凡，端在於兄弟三人兄友弟恭，同心協力，其利斷金之故也。洋樓竣工後，並在二樓陽台牆壁上刻下工程建築師：石匠莊來生、木匠陳來生及土匠鄭古余的姓名，用資紀念，與大樓共存共榮，可見起造人對於匠師們的充分尊重和禮遇，以及對於建物充滿了人文關懷。

意料外掌理宗親會，建設珠山光耀薛氏。

2001／07／01

第二十八回　薛氏宗親會與我

我只是一介電信小工，憑著一份微薄工資養活一家妻小六口，靠著夫妻節衣縮食，同心協力，胼手胝足，克勤克儉倒也能衣食無缺。經過十五年辛苦奮鬥，終於也能白手起家，在金城鎮鳳翔新莊購建一棟新屋安頓全家大小，免受那無殼蝸牛之苦。此後，閒暇之餘，偶爾亦會想及幼承庭訓，大丈夫行有餘力，則以回饋親朋好友、鄉里故舊，然無機會得以表達矣！

一九九三年冬至日晚上，接獲薛永嘉兄來電告知我當選薛氏宗親會下一屆（第三屆）理事，訂於二十五日下午三點正，在珠山大道宮改選理事長，請我準時參加。不巧，當天下午我要在空大上一節面授課二小時，須到三點半下課才能趕過去投票；等我進入宮里已經有十多人在場，討論即將完畢，準備投票了。我看現場並沒有協調或整合出特定人選，完全是採取開放式投票，不知將會是由何人出線？理事有八人到場，開票結果匪夷所思，竟然是七比一由我本人當選理事長。我當場愣住，環視所有在場理、監事的年齡，至少都是在四十歲以上到七十歲者皆有，而我的年紀最輕只有三十八歲而已，怎麼會是我呢？為什麼是我呢？論年歲輩份、身份地位、身家財產、年高德劭、德高望重等條件，我沒有一項能夠排上榜呀！我愣了一下掉頭就走，會場交給別人去製作紀錄及陳報金門縣政府，都沒有我的事了。

我心想這些理事好大的膽子，竟然膽敢冒險把一副重擔交給一個年輕人去挑，難道不怕他挑不起或被壓垮嗎？好吧！我自己下定決心要全力以赴，要竭盡所學所能為宗親來效勞與服務，絕不辜負鄉親對我的期望，藉由這個機會和角色來報答珠山的宗親和鄰居長輩們自小對我的呵護與照顧。我生在珠山，長在珠山，一直到十四歲唸國中二年級時，才負笈離開故鄉到金城去就食、就學。但是，因著這十四年的血緣、情緣和農田泥土對我的呼喚，就足夠讓我終生魂縈夢牽腦海心中，一生一世均為珠山人，金門的一份子。

當選當天晚上，我最重要的工作便是要物色一位最佳的總幹事人選來擔任我強有力的助手，方克竟其全功。一個團體中的理事長為靈魂，主要功能在於對外界的聯繫，而總幹事則為骨幹，主要作用在於對內部執行理事長所交辦的工作，兩者為車之兩輪、飛機之雙翼，相輔相成，缺一不可。我翻找全體會員名冊，發現薛少樓是不二人選，第一、他年長我六歲，成熟穩重，族中人緣極佳。第二、擔任國小老師二十年，教育水準有一定程度，社會經驗豐富。第三、家住珠山，是宗親會各項活動的中心，地緣關係重要。所以，捨他之外，無人可以替代。

我立即打電話告訴他，我當選宗親會下屆理事長，總幹事一職要請他屈就一下，幫我的忙，好嗎？他聽完只回我一句，此事等明天到你家中面談。掛上電話，我跟內人說，薛少樓明天來一定不會答應的。我知道原故何在？一、他比我年長，難免有些矜持。二、他擔任教師，我只是電信工人，社會地位我不如他。三、最重要的是，我們不熟，以前沒有接觸過，他不了解我，害怕我是一個扶不起的阿斗，枉費他的時間及心血。

果然，第二天下班他到我家來，我一開口邀請，他立刻婉拒，我再三邀約，他再四推辭，我慢慢說出我的理念、做法以及中心思想是：「建設珠山，光耀薛氏」，他仍不為所動，我費盡唇舌歷時二個鐘頭有餘，還是無效。只好使出最後一項法寶，我說：「我曾經擔任過金門電信工會常務理事三年的訓練，工會的性質與宗親會雷同。工會有九席理事，有一席常務理事為負責人，理事會議每個月召開一次，會員大會每年一次，理監事暨小組長聯席會議每年一次，三年下來我總共召開過四十二次會議，並擔任主席，從來不曾流會過一次，開會對我來說是家常便飯，司空見慣。我這裡有一份檔案，包括所有會議資料、紀錄及公文，厚厚一疊，全部都是我用手稿寫成，請你參考指教」。

當他接過檔案，迅速的用手指頭掀過、瀏覽一遍，就交還給我說：「看過你這份資料以後，我有一半的信心，我答應了」。他的心思顯然不出我的意料，看他承諾我也鬆了一口氣說：「沒關係，我們可以合作看看，如果合作以後你認為我是扶不起的阿斗，隨時可以跟我說不幹了，我絕不怨你，也不恨你」。合作一屆下來，我倆公私相得，水乳交融，他並沒有把我三振出局掉。

次年春天二月四日，新舊任理事長假金城鎮民生路金城民眾服務站交接，並且，當場召開第三屆第一次理、監事聯席會議，討論議題共計二十項，經決議通過立即於會後付之施行。我作主席結論說：「我的能力有限，還請諸位同心協力，多予指教和指導；但是，我有堅強的決心，絕不會有任何舞弊的行為發生，也不會容許任何人發生舞弊，今天各位許我一個機會，明天我許大家一個希望」。此因，我深知人民團體中最容易出毛病的地方，就是金錢舞弊，不是金額不符，便是帳目不清，尤有甚者，乃將公款中飽私囊，侵吞或挪用公款，我決心要掃除一切銀錢幣端。

所以，我到土地銀行金門分行去請教經理陳維雄先生，他教我：「你可以把宗親會所有的款項分成三部份處理，百分之七十存定期存款，其利息較高；百分之二十存活期存款，可以方便資金的調度之需；百分之十開立支票存款戶，用來當作支付工具。如此一來，出納無需另行保管現金，能減少風險，而且，對於所支付的款項又能予以追蹤，無法作弊」。我一聽非常感謝陳經理給我的指導，完全採行此法。首先，我們的財務管理啟用支票，一如機關及公司一般，此類先進的作法，為全島各姓氏宗親會所絕無僅有的創舉。其次，我們採用無現金管理法，出納只負責保管存款單、存摺及支票簿，要提款或開票，均須經由理事長用印才可放行。

然後，我再到台灣銀行金門分行去申辦綜合存款戶，用來轉帳代繳一切水費、電費、電話費，台銀那位承辦人黃漢鎮先生非常驚訝地說，有許多寺廟或基金會都來我們這裡詢問開辦綜合存款戶事宜，但是從來沒有一個單位能夠完成開戶的，只有你們薛氏宗親會才能達成，真是了不起，令人敬佩。人民團體的財務管理最重要，只要能夠達到透明化、公開化，這個會務就已經成功一半，至於團體能有多少建樹或舉辦活動，只需盡力而為便可。每年冬至日，是祭祖吃頭的日子，也是一年一度召開會員大會的時間，我都會製作一份收支報告表及財務報告表，報告一年來收入多少、支出多少、結存又是多少，一清二楚，再明白不過。影印後每人分發一份參閱，遇有疑問，可以當場提問及解答。

第一次理監事會議通過多項決議，深具意義及重要，一、捐助浯島城隍廟重建基金二十萬元，以發揮吾愛吾土之宗教信仰，由我和薛少樓及薛永嘉三人親自將支票送交金城內武廟，由重建主任委員顏西林先生代表接受。二、舉辦宗親新春環島旅遊聯歡活動，以增進宗族情感交流暨歡度春節，在二月二十日舉行，由薛少樓擔任領隊，中午在湖前漁港餐廳聚餐並行摸彩，出席人員無不歡樂融融。三、修建珠山活動中心，以利公共集會、聚餐使用，向珠山六十二號屋主薛崇武先生商借該棟破損房屋，由宗親會出資一百萬元僱工修繕四周牆壁，屋頂改採鐵皮加封，而且，即刻僱工進行完成建設。

修繕珠山大道宮之廂房，廂房的樑柱因受蟻患，屋頂行將崩塌，因此，先向金門國家公園申請建築執照，因古厝設計繁瑣，費時一年多完成，才獲得核發執照，然後僱工改採鋼筋混凝土方式照原樣修建完成。五、回填珠山公園山中土洞，當年為了八二三砲戰，居民乃在山中挖掘土洞躲避炮火，但於風水及景觀均有所不利，族老薛崇武先生一再囑咐應予早日回填踏實，恢復景觀，於是，僱請怪手施工多日完成。六、修建珠山大潭，大潭具四水歸塘穴，為村中之風水池。池塘四周圍欄杆脫落，池邊道路崩毀多時，年久失修，路基淘空；人車通行其上險象環生，修建已刻不容緩。

首先，敦請金城鎮公所代為規劃及設計施工圖，估需工程款約一百一十萬元，本擬由宗親會僱工施建。適時，正逢金門國家公園成立，個人巧遇工務課長張清忠勘察聚落，因而將大潭設計圖提請惠予指正，並蒙同意協助重新設計。想不到一個月後他完成重新設計並直接發包施工，連工程款也由國家公園支付，完工後美侖美奐，遠遠超出我們的理想。於是，由宗親會具名致贈一面感謝狀，聊表敬意。隨後，國家公園又幫我們設計修建珠山公園第一期及第二期工程，美化公園環境，並鋪設環山人行石板步道，工程款共計五百七十萬元，因此，乃由珠山社區發展協會具名致贈一面感謝牌，用表謝意。

我接任宗親會之後，族中長老及會中理監事們最關心的共同話題有二項，一是修建薛氏家廟，一是設立薛氏獎學金。乃於三月十日假金門縣農會召開第二次理事會議討論通過決議：同意規劃修建薛氏家廟。後來經徵詢卜卦師，告以需四年後虎年有利，方能動工興建。同時商請國家管理處長李養盛，請其於四年後編列預算補助我們照原貌修建家廟，並蒙李處長慨然允諾，果然信守承諾於四年後補助一百五十萬元。會中也通過決議：同意設立薛氏獎學金，推請薛芳石等三人擬訂辦法，自下學期開始接受申請。獎學金之申請，以金門薛氏子弟為對象，但不以居住金門者為限，名額也無限制，所以，有許多旅居台灣的子弟來申請，留學英國及加拿大唸博士的也來寄回來申請，真是一大盛舉。

為討論珠山垃圾場使用期限，特於三月二十日在珠山薛氏家廟小宗召開全村居民協調會議，對於確定全體村民的意志與共識，宗親會願意完全尊重大家的決定並做為後盾，配合全體居民採取一致的行動。經充分討論通過決議：珠山垃圾場使用期限到三月三十一日為止，期滿關閉，絕不同意延長使用，也不接受任何方式的回饋。自四月一日起設置告示牌，阻斷垃圾場入口道路。次日，即由宗親會用最速件行文金城鎮公所，表達終止使用垃圾場的決心，請其另行覓地掩埋，並檢附該次會議紀錄。

金門薛氏旅居台灣者頗多，宗親們平時連絡情誼，掛念故鄉珠山發展，共話鄉情，族老薛崇武先生有鑑於此，乃於一九八七年發起成立「金門薛氏旅台宗親會」，並膺選首任理事長，凝聚宗親情誼，每年定期召開一次會員大會，並舉行聚餐聯誼。我於三月二十一日突然接獲該會來函謂：「請金門薛氏宗親會於文到一周內撥款一百萬元作為本會基金，供會務使用之需」。我知道台金兩地薛氏宗親同屬木本水源，本是同根生，不分彼此。

我一看公文的內容，如果提交理、監事會討論，一定會被否決掉，因為我深知理、監事們的結構及各人的背景，絕對通不過的。然而，自我接任以來不及二個月已經召集過二次理事會，再要緊接著召開第三次會議，實在過於頻繁，對於諸位理監事恐有浪費寶貴時間之虞。因此，我改採徵詢方式，請教薛少樓、薛芳世、薛自然三位高見，均獲認同撥款，於是，我當場就在公文上批示：如數照撥。交代總幹事，公文由我簽名全權負責，任何人有質疑都叫他打電話來找我好了，你明天就去匯款，我會通知崇武兄收到匯款後必須由他具名簽發收據。

一九九五年三月二十日下午，台、金兩地薛氏宗親會，假珠山活動中心召開第一次兩會理、監事聯席會議，互相切蹉雙方之會務，增進氏族情感之交流，建立兩會之間的溝通管道及協調模式。旅台宗親會理事長薛崇武先生，臨時因故不克返鄉主持會議，改派總幹事薛芳煌代表致詞。

宗親會理、監事一任兩年，本年冬至日又將改選，我本無意繼續連任，因為，我自認為一任做得好，正該留給別人一個好的口碑和懷念，自應功成身退；如果做不好，更該及早下台一鞠躬，把機會讓給別人，不要老是自己霸住位置惹人厭。正如我在金門電信工會擔任工頭一任三年，任期屆滿立刻走人，絕不留戀，揮揮手不帶走一片雲彩，幹嘛要眷戀不捨呢！阿港伯名言：「不要自認為，天下某一件事非得自己做才好，別人做就不如自己」。誠哉斯言！何況，擔任理事長如果是一份榮譽，我樂意和大家分享，人人有機會；如果是一份責任，我願意和大家一起分攤，人人有希望。可是，不知為什麼，在冬至前一個月，很多理、監事及長老和兄弟叔侄都紛紛來提醒我，要繼續連任，我把本意說與他們知曉，他們只好認同。

薛祖森也來勸我：「你擔任理事長，一肩挑起宗親會的成敗，責任不輕，必須委曲求全，顧全大局，置個人好惡於度外。但是，其中的酸甜苦辣盡在你心中，別人不得而知，外人僅僅看到你頂著理事長的頭銜，以及你所交出亮麗搶眼的成績單，欣羨不已。人們只看到你光彩的一面，卻看不到辛苦和難過的一面，而你也不願意說出你的難處。雖然如此，這二年來在你和全體理監事的共同努力下，我們珠山及薛氏宗親會在金門地區也頗受好評與肯定，得來不易，這是前幾屆所未曾有過的現象，還請你多加考慮，再為家鄉努力二年吧」！

聽他如是說，我只好回他：「那麼，我去和薛少樓商量一下吧！因為初是我千拜託、萬拜託才把他請來幫忙的，如今，我也應該尊重他的意見，再定行止」。當我和薛少樓談及此事，他毫不遲疑地說：「當然要連任，再把地基打得更深厚、更穩固，到下下一屆才交棒就好了」。我看事已至此，不便堅持己見，一切順其自然吧，我不再表態宣布棄選。一九九六年一月七日假珠山活動中心，選舉第四屆理事長，我當選連任，總幹事一職仍請薛少樓繼續擔任。

二月十日召集第四屆第一次理事會議，通過決議：修建石井坑薛氏祖墓，定於清明節過後僱用怪手開挖。開工三天後終於出土二具棺木及二副紅豔豔的人骨。至同年十一月破土修建二座祖墓，費時二個月完成。薛氏祖墓深埋土中三、四百年，既無墓碑，又不知墳墓所在位置，竟能於我們這一代手中發掘與修建，真是與有榮焉。為慶祝此一宗族盛事，特於完工謝土日，邀請歐陽氏宗親會派員參與祭祀，當晚在薛氏家廟席開十三桌，宴請薛氏宗親聚餐慶賀同歡。

九月五日召開第四屆第二次理監事聯席會議，討論「珠山段一〇五三及一四〇四號二筆土地補登記事宜」，二筆土地面積龐大，共計七十公頃，因與古崗同時申請登記，必須經由雙方協商分配比例。決議：授權由理事長、總幹事及常務監事三人代表出面談判分配比例事宜。但是，雙方未能達成協議，遭地政所駁回申請，兩敗俱傷，均無所得。

一九九七年二月一日召集第四屆第四次理事會議，會中，金門縣政府教育局曾淑玲女士報告，為推動「珠山社區總體營造活動」，擬訂於二月二十一日元宵節舉辦「珠山燈節」活動。決議：除金門縣政府補助二十萬元外，由宗親會全力支援所需之人力、物力、財力。次日，即開始動手清理村中環境，打掃得煥然一新，規劃牌樓及懸掛大紅燈籠路徑，我要求全體宗親，不分男女老少，一起動手自己做，現場交由曾女士全權指揮調度，我擔任後勤與支援工作。

元宵節七時正，由兒童們點燃火把隊，熱烈歡迎金門縣長陳水在大駕蒞臨啟燈，瞬間千盞燈籠齊放光亮，猶如火樹開銀花，村中蔚為一片如長龍般的燈海。來自全島賞燈人潮如人山人海，村子裡更是萬人空巷，為珠山開莊三、四百年來所僅見之熱鬧，盛況空前。一串燈籠從路口引領來賓到達村口之牌樓，再從牌樓延伸二串燈籠蜿蜒到薛氏家廟。牌樓前在發放來訪兒童每人一只俗稱「擦餅燈」的紙燈籠，個個笑逐顏開：家廟前的廟埕人聲鼎沸，將珠山渲染得喜氣洋洋，設有一座擲炮城，由訪客執排炮擲向空中引燃串炮，鞭炮聲此起彼落震天價響。

活動中心燒著一碗碗加薑糖的湯圓，大人小孩人人有份，吃湯圓又能驅寒，溫熱了每位造訪者的心；大道宮前供桌上擺滿了紅龜，提供善男信女乞龜祈福，今年事事順利，明年加倍還願。家廟大宗內展示著各式各樣具有古早味的燈具，有新娘登、子婿燈、氣燈、船燈，勾起老一輩人家思古之幽情；小宗裡展示由薛永固精心繪製，一顆顆五彩繽紛，纖毫畢現的蛋畫，其手藝巧奪天工，令人駐足圍觀，嘆為觀止；還有薛永凌的捏陶及手拉胚玩意兒。觀賞珠山燈節，實為金門所少見的愉快及知性之旅，賞客無不紛紛提議明年還要全家再來一趟，希望第二屆、第三屆能年年舉辦。

深夜十時正，賞燈者逐漸打道回府，留下滿心喜悅、毫無倦容的工作人員，馬上召開檢討會議。逐一列出缺點，用資來年改進，其中，最大缺點是電壓不足導致燈光稍嫌黯淡，準備申裝二百二十伏特之電表一舉改善。

金門縣政府行文補助此次珠山燈節三十萬元，要求於燈節結束後一周內結報。補助經費比原定金額二十萬元多了一半，我們只花了五天就提前完成結報，總計支出三十七萬餘元，超支部份概由宗親會自行吸收結帳。

今年（一九九七年）冬至日又將改選第五屆理監事，我終於要畢業了。回顧四年來，全賴理監事們的通力合作與支持，雖然建樹不多，差幸還沒有做錯什麼事。宗親會理事長為無給職，也無車馬費，總幹事僅支車馬費一年二萬四千元而已。薛少樓前三年支領車馬費，從沒有拿一塊錢放在自己口袋裡，分別是購置辦公桌椅供會務使用，購買農藥噴灑器供居民方便使用，添緣大道宮功德箱中。沒想到，第四年他具領後，竟然將支票當面交給我說：「我知道你交際應酬多，開銷很大，我這一點區區之數微不足道，僅能聊表心意，請你笑納」。

我非常意外，蒙他錯愛，真是受之有愧，但又不忍心拒絕他的一番好意，只好卻之不恭收下，並為四年來彼此合作愉快劃下一道休止符。畢竟，我們曾經攜手合作，打過美好的一仗。

撥款先斬後奏，反彈異常強烈。

2001／12／30

第二十九回　先行撥款後追認

薛崇武先生年過八十，一生對於珠山村莊及薛氏宗族的貢獻無與倫比，珠山居民和薛氏族人更是對他讚譽有加，尊敬無比，雖無族長之名，確有族長之實的份量，一言九鼎。早年曾經擔任珠山小學董事長、顯影月刊編輯、金中中學事務主任、金門縣金山區區長等職，後來旅居台灣中和，於一九八七年發起設立「金門薛氏旅台宗親會」，當選首任理事長，端的是實至名歸，更是眾望所歸。二年後，金門薛氏族人見賢思齊焉，由薛前記叔發起設立「金門縣薛氏宗親會」，向金門縣政府申請核准登記有案，我負責起起草宗親會章程，有幸當選首屆理事之一。

一九九三年底，我當選薛氏宗親會第三屆理事長，深切了解薛崇武先生齒德俱尊，社會經歷豐富，深得台、金兩地薛氏宗親之人望，我必須跟他密切聯繫，請他惠予指教，雖然我認識他，他卻未見過我。所以，自從一九九四年二月四日薛氏宗親會第二屆第三屆理事長辦理移交後，我才開始接任理事長職務，一個多月就召開了四、五次會議，並將會議記錄及會務資料，統統寄交薛崇武理事長交一份參閱。到了三月中旬，我第一次撥電話與他報告金門的會務狀況，以及我個人的一點點理想，他聽完即能在電話中一語道出我做事的特色，他說：「少年仔，從你寄來的這些紀錄及資料，我知道你這人做事是很有魄力的」。

誰知通過電話還不到一周，我突然接到一份「金門薛氏旅台宗親會」的公函，要本會撥款一百萬元作為旅台會基金，署名是理事長薛崇武的簽名章，並且，還蓋上俗稱關防大印的圖記，顯示公文絕無虛假。可是，在前幾天我跟薛崇武先生直接通電話的時候，他並沒有提起過這件事呀！巧的是本會在這一個禮拜裡召開過一次會議，那天如果他先在電話中提到的話，我們剛好可以在會議中進行討論，順順當當作成決議。但我一看公文的內容，如果提交理、監事會討論，一定會被否決掉，因為我深知理、監事們的結構及各人的背景，絕對通不過的。

但是，我光看薛崇武的署名就曉得應該照辦，問題只是如何迴避理、監事的決定，因此我先徵詢兩位人士的意見，第一位是薛芳世兄，他是族中的長老也是本會的理事之一，他說：「公款是兩會共同擁有的，祇不過是本負責保管，撥款只是移轉保管單位而已，旅台會的成員全部都是珠山或金門的薛氏族人，沒有拒絕的理由。民國七十八春天金門成立薛氏宗親會，當年冬至日崇武個人即捐助本會新台幣十萬元整，委託薛承立帶回現金在薛氏家廟內當眾點交。八十一年珠山進行鄉村整建，總工程款共四百萬元，金城鎮公所要求本村必須負擔起配合款百分之二十共八十萬元，金門薛氏宗親會無力籌募，緊急行文拜託金門薛氏旅台宗親會分攤半數四十萬元，也是崇武召開臨時理、監事會，登高一呼，四方響應，不過個把月即籌得四十萬元寄回金門。今天，旅台會有需要用錢，又在我們的能力範圍之內，何況又是崇武具名，如果不撥款，教崇武情何以堪」！

他的態度和我一樣，我內心稍感欣慰。第二位是薛少樓，他是理事兼任總幹事，尤其是他還是崇武的長子，他也說：「當然要撥款，這錢是旅台會作為會務使用，沒有理由拒絕」。他的看法和我相同，我更加堅定自己的想法，勿須顧忌其他人的反對。於是，我當場就在公文上批示：如數照撥。交代總幹事，公文由我簽名全權負責，任何人有質疑都叫他打電話來找我好了，你明天就去匯款，我會通知崇武收到匯款後必須由他具名簽發收據。

果不其然，收據才收到沒幾天，所有宗親聽到消息，情緒沸騰，每天都有人打電話來查詢、來反對、來責備，我不厭其煩的好好跟他們解釋，他們不等我說完就把電話掛斷以示抗議。我看事態嚴重，焦頭爛額也無補於事，心想與其坐等挨罵，不如主動說明，因此我就寫了一封致全體宗親的公開信，請求大家的諒解。公開信如下述：

各位親愛的宗長惠鑒：「金門薛氏旅台宗親會，」來函，83薛旅字第01號，第02號函暨第二屆第四次會員大會紀錄，已經在八十三年三月二十一日及二十三日收到，敬悉。

函中所提：「請金門縣薛氏宗親會於文到一周內撥款一百萬元作為本會基金，供會務使用之需」一案，本會及本人均很樂意配合。此可對照「財團法人金門縣薛氏基金會」，於八十三年三月二十日所召開之第二屆第二次董事會會議紀錄中的討論事項之第三案，案由：金門薛氏旅台宗親會籌募基金之配合事宜。決議：前承金門薛氏旅台宗親會慨捐珠山鄉村整建經費四十萬元，合族皆感盛情，自當回報。惟當時尚未接到前述二張公函，無從決議確定的金額，僅能通過決議原則而已。

珠山薛氏一族先賢前輩，有渡海到澎湖、到台灣開拓者，更有遠到南洋發展者，不只是業卓然有成，更能心繫珠山老家，出錢出力，造福鄉里，具見血濃於水的宗族親情。尤其是珠山學堂，更蒙旅居菲律濱宗親出資興建，光耀鄉黨。由上述珠山學堂之興建及鄉村整建經費之捐助，點點滴滴，溫暖在心頭，在金門薛氏族人心中無不感戴，而今，正是金門縣薛氏宗親回報的時候。此可參照金門縣薛氏宗親會，於八十三年二月四日召開之第三屆第一次理、監事聯席會議紀錄中討論事項之第十九案，案由：回饋菲僑宗親會館之捐建。決議：列入計畫進行。

在金門之薛氏族人先後於七十八年、七十九年成立「金門縣薛氏宗親會」及「財團法人金門縣薛氏基金會」二個組織，前者純為人民團體，負責人為理事長，後者為具有財團法人之人民團體，負責人為董事長，成立之初，僅有公共經費四萬多元而已。雖然，本人在七十八年四月十六日薛氏宗親會成立大會上提案，案由：為開闢本會公共財源，先清查珠山學堂之產權，再與軍方使用單位交涉，俾能落實產權及收取租金。決議：通過，並交理事會積極處理。

但是歷經三年多毫無進展，反而在第二屆立法委員選舉之前，金防部司令官　葉競榮將軍於八十一年十月三十日蒞臨金門電信局，參加電信工會舉辦之慶生會聚餐，進行輔選工作。當時本人為電信工會負責人，擔任常務理事，主辦會餐接待貴賓，席中，當面向司令官報告珠山學堂為薛氏宗親會所有之產業，供軍方無償使用四十多年，現為金防部化學兵基地，請司令官能否派人來與薛氏宗親會討論使用事宜？當場，即蒙允諾由我和國民黨金門縣黨部黃廷川主委逕行討論。隨即於同年十二月十日點交歸還，珠山學堂終於重回薛氏宗親的懷抱，感謝　葉司令官鏡榮將軍的德意，有如山高水長，感謝第二屆立法委員選舉，選舉真好。

之後，珠山學堂於八十二年一月十六日招標，決標價為年租金三百六十萬一千元，經簽訂合約公証後，自同年八月一日起租，每年租金分二期給付，分別是二月一日及八月一日，到目前為止共收二期租金。因為，原來在宗親會名下的一些財產，在基金會成立時，移轉登記在基金會名下，如珠山學堂等，所以其租金是向基金會繳納的。又因為基金會中的董事，均由宗親會的理事兼任，董事長由理事長兼任，所以二個組織均由同一組人員擔任，會務運作自然順暢。上屆移交本屆之資金，在宗親會部份為二十六萬多元，基金會部份為三百六十七萬多元，可支用資金共計三百九十三萬多元，另外，一百八十萬元則為保証金。此外，珠山鄉村整建，金門薛氏旅台宗親會捐助四十萬元，金門薛氏宗親募集五十萬元，支出四十七萬多元，尚有結餘四十二萬多元。

按人民團體之會員大會為每年舉行一次，理監事會、董事會為每個月至少一次，此為「人民團體法」明文規定，亦為本會章程中所明載。自八十三年二月四日移交到三月二十日止，短短不到二個月之間，本會已先後召開過二次理監事會，二次董事會，一次協調會及一次說明會，開會不能說不多，下次集會預訂在冬至日前二周吧。為了配合「金門薛氏旅台宗親會」成立基金所需，本人只有先行撥款，再提交理監事會追認，但願能獲得通過最好。

又：珠山垃圾掩埋場已使用二年，到三月三十一日期滿，本會為此一度集會，二度行文金城鎮公所，堅決表示不同意其延長使用，請其另行覓地處里垃圾。但鎮公所仍來函要求延長使用五個月作為覓地之緩衝期，雙方態度各自堅持，劍拔弩張，隨著四月一日的接近，本會與鎮公所抗爭和對立的情況有一觸即發之勢。目前，我們所有的力量都集中在這裡，所有的抗爭準備工作和分配任務都在積極進行中，情勢如何發展，敬請拭目以待，也請惠賜指教或祝福我們吧！

專此敬祝

萬事如意

金門縣薛宗親會理事長　薛芳千　敬上

中華民國　八十三年三月三十日

公開信發過後，總算比較風平浪靜，很少再接到責怪的電話，而我們跟金城鎮公所的對峙，也因鎮公所的自制將垃圾場遷往赤山掩埋，宣告和平落幕，我們終於將珠山垃圾場關閉，並由鎮公所進行植栽美化和復育。然後，我採取對理監事各個疏通，多數也能夠諒解，即使不得已必須採用表決的方式，我相信必然能夠獲得過半數的支持。於是，我決定提前在七月初召開第三屆第三次理、監事聯席會議，追認撥款事宜，會議在七月九日下午二時正，假珠山六十六號「大道宮」內舉行，討論事項中有七案，但是第一案就佔掉一半的時間，案由：撥付金門薛氏旅台宗親會基金一百萬元，提請追認。雖然，有幾位理監事不斷質疑和揚言杯葛到底，我再三耐心解釋，仍然不能被接受，當我準備交付表決時，薛芳盛及薛祖森二位適時出面斡旋，說此事情形的確特殊，理事長不得已採取權宜措施，也不算是什麼錯，況且木已成舟，既成事實，總不能再要求旅台會把錢退回來吧！好說歹說，雙方面都有台階下，終於同意追認，也免掉動用表決，有傷和氣。

贈送薛氏族譜，不分族人外人。

2001／04／01

第三十回　薛氏祖譜大方送

那一年（一九九〇年）春天的某一日，接獲薛永嘉兄打電話來告知須送交我的照片及我的兩個兒子的照片各一張到金城鎮民族路他所開設之鴻安店裡給他，以便印製《金門薛氏族譜》之用。掛上電話之後，我立即帶了三張照片送達永嘉兄手上，他並問我可有訂購薛氏族譜之意願？若有的話，他會登記在冊，等族譜印好了，到時候定價確定後再付款交書，我當場答以願意，煩請代為登記，屆時定當前來繳款取書。對於族譜一書，自小即有耳聞，但迄今三十多歲，可我從未親眼目睹過，根本不知道它長什麼樣子？只聽過長輩和長老約略提起，曉得族譜關係著宗族大事，全村及全族中僅有少數人見過而已，即使年紀大的人也沒有幾個看過，可見得是多麼的慎重其事呀！如今，能有幸訂閱，也不枉身為薛氏子弟，豈肯錯失機會！日後族譜到手，我一定要好好用心，仔細地讀它幾遍。

翌年冬天，永嘉兄果然來電話通知，薛氏族譜已印妥，由台北寄來他手裡，隨時有空即可攜款前來他店裡取書，每本定價新台幣一千元整。我立刻欣然趕往鴻安商店，一手交錢一手交書。永嘉兄並招呼我喝茶聊天，他說此版族譜係由旅居台北縣中和市的薛崇武獨力編輯和募款印刷，金門方面的人口資料則是由他負責收集，再寄交崇武兄彙整。最後，他告訴我此次預購族譜的宗親十分踴躍，未料，等到印製完成寄回金門通知付款取書時，竟然有半數訂購者爽約，說不要取書也不肯繳錢了，也不知道什麼原因？可是，印刷費用三十多萬卻不能不付給印刷廠呀！原本指望藉由書款來支付，如此一來差了一半，將來收支無法平衡，不知如何是好？聽他此說，也頗知執事人員為難之處，但是，眾人執意如此，又將奈何！想我在宗族中人微言輕，年紀也輕，實在無能為力，更是愛莫能助，聽完之後只好作罷矣！

回到家，我便迫不及待地拿出族譜來先睹為快，此書為一精裝本，長二十六公分，寬二十公分，約當八開尺寸。封面上用篆字印著《金門薛氏族譜》六個大字，右上角採用楷書寫著「珠山文獻會編印」，打開內頁由下往上翻了一遍，發現書本的紙張並非一般的道林紙、模造紙、聖經紙，或其他普通紙張，而是高貴的銅版紙，據悉，此種紙張較之一般紙張要昂貴二倍左右，但其壽命也比其他紙張為長。翻開目錄之後的第一項為鳴謝啟事，敘述此次印製族譜承蒙珠山薛氏宗親旅居菲律濱鄉僑慨捐印製經費合計披索十二萬多元，折合新台幣十四萬餘元。並述及此版印刷四百本，共需印刷費用三十四萬多元，預訂每冊酌收工本費一千元，擬以書款收入來歸墊印刷費。

我一看，方知所需費用這麼龐大，募捐所得款項並不足以支應，尚須賣出二百本以上才能應付印刷費一項而已，其他如郵費、人事費及雜費開銷還不包括在內。想當初，「金門縣薛氏宗親會」成立於一九八九年春天時，僅有公共經費四萬餘元。次年冬至日祭祖吃頭時，方始獲得第一筆捐款，是本鄉薛承立兄受薛崇武兄之委託從台北帶回現金十萬元捐助薛氏宗親會，當天在薛氏家廟內當場點交到我手上，當時我擔任宗親會理事兼會計，並由我具名簽發收據為憑，交由承立兄寄回崇武兄。到一九九一年，薛氏宗親會全部的公款不過才十四萬多元而已，恐怕也是幫不上什麼忙！第二項為例言，說明舊譜之編排法是「旁行斜上搬轉式」，新譜則改為「旁行斜上直列式」。

第三項敘明編修版本，自清代乾隆五十七年（西元一七九二年）第十七世裔孫薛明璣公創修後，至民國八十年（西元一九九一年）珠山文獻會編印為止，歷時二百年，經過三次重修、三次增補。第四項述明總系圖即世系表，開浯始祖貞固公為一世，二世為成濟公，三世為伴郎公及伴中公，五世以下繁衍成：仁、義、禮、智、信五房。第五項為五房世系表，自第五世起分成五房世系傳衍。第六項為人物略傳，略述先人之豐功偉績及貞婦烈女懿行。第七項闡釋尋根，告知後代子孫，本宗三世祖伴郎公及伴中公俱葬於石井坑墓穴中，其方位是坐乾向巽，為每年清明節，全族祭祖掃墓之所在。但是，這座薛氏祖墓因格於迷信，任由荒廢從不清理，既無墓碑，又不知墓在何處，期勉日後子孫應加整理，以免受到牛馬踐踏。

第八項為編後語，提到一個小小村落千餘人口，好人好事固然多，歹人歹事也不少，好的一面仍盼傳揚下去，歹的一面輕輕一筆帶過。至於各家戶的人事變遷，盛衰互有興替，有時月明、有時星光。並提及族譜之一般功能，除了眾所週知的明世系、辨昭穆、定稱謂之外，尚有三樣，知所由來、了解演進、消除糾紛。最後說明人口變遷，民國初年珠山原本有二百多戶，人口千餘眾，遭逢中日戰爭爆發，日軍隨即佔領金門，村中人口逃亡過半，輾轉逃往南洋謀生；抗戰勝利後，又逢國共內戰，八二三砲戰發生前，村民疏遷台灣近半；砲戰後村人遷往本島他鄉者又半，因此，今日珠山僅剩二十多戶，百餘人口而已，十停少了九停矣！

由於此版族譜收入不足以應付支出，又別無其他財源可資挹注，真是一項大難題，這項難題到底該如何解決呢？萬萬料想不到，此項問題竟然由我躬逢其盛，並且加以順利解決。

話說一九九三年，我意外當選薛氏宗親會理事長，由於薛氏族人在成立薛氏宗親會之後，第二年又申請成立一「財團法人金門縣薛氏基金會」，董事由宗親會理事兼任，董事長由宗親會理事長兼任。因此，我在次年三月二十日下午假珠山五十九號之薛氏家廟小宗召開薛氏基金會第二屆第二次董事會議，會中討論案由：金門薛氏族譜之認購。決議：同意認購族譜，所需價款由本會承擔，並由本會集中保管。至此，一件難題輕輕鬆鬆、圓圓滿滿的解決掉。隨後，我為擴展會務，聯繫台灣、澎湖及大陸之薛氏宗親，除了寄送會務資料、會議紀錄之外，並加寄薛氏族譜，獲得非常良好的迴響。同時，我也贈送族譜予金門縣立圖書館、金門中學圖書館，對於索取者、訂購者一視同仁，一概免費贈送。所以，前後不到三年時間，我就大方、大方的送，直到送完為止。

下南洋拜訪宗親，兄弟叔姪相見歡。

2002／03／20

第三十一回　新加坡尋訪宗親

金門縣宗族文化研究協會，為慶祝馬來西亞砂勞越州金門會館成立十五週年，暨柔佛州金同廈會館新廈落成之喜，特地組織慶賀團前往大馬祝賀，順便舉辦族譜展覽，以及贈譜，祝福二地會務昌隆，鄉情永續不替，並順道轉往新加坡拜訪金門會館及僑親。慶賀團一行二十幾人由協會顧問黃文遠鄉賢擔任團長，總幹事吳秀嬌負責打理一切事宜，隨團出發，行程自二〇〇五年九月二十八日由金門搭機赴台，次日從高雄出境，首途砂勞越州，至十月六日經新加坡返台，翌日飛回金門，前後需時十天。

組團期間，個人因為年度休假天數有限，不克全程跟團，只得放棄大馬行程，選擇單飛新加坡，尋訪金門薛氏旅星宗親。因此，自行訂妥十月二日至五日往返新加坡與台北之機票和旅館，預定三日及四日在新加坡與慶賀團會合後訪問金門會館諸位鄉僑。行前特別購買一箱金門頂好吃的「天下貢糖」二十盒，用來餽贈遠方的薛氏族人，分享金門道地的原鄉美食。並印製十本珠山村史《珠山大樓還珠記》，二本數位版《金門薛氏族譜》，均採用手工線裝書裝訂成冊；此外，又攜帶十冊協會剛出版的第二期《金門宗族文化》期刊，以及二冊新出版的《金門情深》書籍。

于十月一日下午飛往台北，夜宿桃園市旅舍，以便次日清晨五時起床就近趕赴桃園中正國際機場，搭乘七時四十分的班機。誰知，晚飯後觀看電視新聞報導：「強烈颱風龍王侵襲台灣，氣象局已在下午發佈海上警報，預計晚上發佈陸上警報。龍王颱風將於明晨由東部登陸，通過台灣海峽後西行，進入福建沿海地區」。接著，播報自明天凌晨起，鐵路火車及公路客運全線停駛，國內外航空班機全部停飛。哇！怎麼這般不巧，土包子出國，頭一遭，就遇上龍王爺駕到，叫我如何是好？馬上撥電話詢問旅行社行程可有改變？回說飛機確定停航，進一步狀況須待明天中午再行通知。

十月二日中午，再看電視午間新聞：「龍王颱風登陸後已經減低為中度颱風吹往福建，陸上颱風警報解除。鐵公路運輸下午恢復行駛，國內外航線亦將照常起降」。隨後，接獲旅行社通知原訂班機延後九個小時于下午四時四十分起飛，請前往機場櫃台報到，我因而準時到達中正機場劃位和登機。落座後，感覺國際線機艙內冷氣特強，較之國內線還要冷，稍後空中小姐捧著一大疊毛毯在分發，眼看鄰座先生搖搖頭，我也只能跟著搖搖手作罷。飛行二個小時之後，越感寒氣襲人，只好雙手交叉抱在胸前，聊以抵擋逼人而來的冷氣。

飛機于晚間九時出頭降落在新加坡樟宜國際機場，我跟隨人潮魚貫下機進入航站大廈，走了幾十公尺，瞧見洗手間的英文標誌，趕緊進去紓解一下水庫，換得一身輕鬆！詎料，就是這麼一耽擱幾分鐘，出來後看看走道上的旅客，全部變成陌生臉孔，非但有黃皮膚、白皮膚，還有黑皮膚者，心裡暗自酸苦，忍不住叫一聲：行不得也，哥哥。事到如今，也只有硬著頭皮獨自往前闖，且看且走吧！哪想到入境走廊這樣長，少說也有五、六百公尺。看走道兩邊所有標誌一律是英文，見不到一個中文字，奇怪了，新加坡號稱中國境外最大的華人國家，不是有百分之七十五以上的華人嗎？怎麼都不用中文字呢！

終於，走到入境大廳海關前，隨著人群排隊等候通關，海關人員一字排開，有男的、女的，有黃皮膚、黑皮膚的，起碼二十多人，旅客也排成二十幾行，大廳裡密密麻麻的站立好幾百人，真的是一夫當關，萬夫莫敵。我舉頭一望，環視每行隊伍前後，只見得每個人，人手一本護照及一張紅格子表單，糟糕，我為什麼沒有那一張紅格紙呢？輪到我時，定眼一瞧，好巧不巧，關員是一位黑人小姐，她對著我嘰哩咕嚕一番，我都聽不懂，我便用華語問她在講什麼，她也是莫宰羊！就捏起一張紅格紙和一張小摺紙遞給我，用手比一比大廳旁邊的一張寫字台，意思是叫我到那邊去填寫吧！

我轉回寫字台，瞄一瞄在填表的那幾位黃種人，手上的護照卻是清一色的英文字，沒有中文，更沒有中華民國，讓我壓根兒無法開口尋求協助。呆立良久，忽然看見有一位穿制服、黃皮膚的海關小姐，走進服務台打量四周人潮，我便趨前望著她點一下頭，權做打招呼，開口用英文請問她能否幫我一個忙？她立即伸手接過我手上的二張表格及護照過去填寫，然後也用英語問我票在哪裡？我就從口袋裡掏出機票交給她抄寫完畢，再向她點頭致謝後，帶著一臉輕鬆回到海關黑妞前面遞交表單，我猜想其中一張是入境單，另一張是簽證單吧，關員目視一下，留下紅格紙，小摺紙蓋了一個圖章再交還我，我就這樣完成入境手續。

然後跟著人潮往前走到行李台等候，領取行李便走到入境出口了，迎面看見三、四個人舉著旅行社的中文簡體字牌子迎接客人，可是沒有我所訂的「大中酒店」呀！我兀立出口大廳好一會兒，也不知道何去何從？本想自己到機場外叫計程車（德士）直放酒店就好了，沒想到舉牌子的一位小姐打量我一下，便走來我面前用華語問我是訂哪一家旅行社的？我回說不知道耶！她不死心的又問我訂哪一家酒店的？我答說大中酒店。她便問我英文名字是什麼？我唸一遍後，再把字母拼出來。她說有、有，你的名字在我這裡，你稍待一會，等我接完幾位旅客後，一塊送你到酒店住宿，說完她遞給我一張旅遊宣傳單，原來是朱小姐。

過沒多久，朱小姐就招呼我們八位旅客坐上一台九人座的小巴士，分送到四家旅館自行登記住宿。待我拿出護照登記時，櫃台小姐又是一位黑姑娘，她講的英語我聽無，我說的華語她也不會，兩人都無可奈何，只有乾瞪眼的份。幸好，她身旁有一位黃臉孔的年輕男子，用中文告訴我說，我已經訂好房間，沒有問題，但是必須先繳納一筆電話保證金坡幣五十元，等退房時再多退少補。我說那好辦得很，即刻從皮夾子掏出一張五十元面額的鈔票遞給他，他就開立一張收據予我收執。拿過鑰匙進入房間，已超過深夜十一時，由於疲倦和吹冷氣太強太久，鼻水不由自主滴滴答答的掉下來，心想不妙，趕快做一遍暖身操二十分鐘，再洗個熱水澡，體能狀況立即改善，舒舒服服的一覺睡到天亮。

三日早上九時之後，便撥電話予同樣來自金門珠山，在此地創業有成的宗親薛永傳兄；我在出門前三天，已經從家裡打過電話告訴他，我預定於十月二日中午抵達新加坡，並探望他，問他可有需要我帶什麼東西去嗎？他說沒有，等到了地頭要掛電話聯絡以便會面。永傳兄少年時曾就讀珠山小學，因中日戰爭爆發，日軍佔領金門而輟學，隨後遠渡星洲開創事業有成。

第三十一回　新加坡尋訪宗親

十年前，一九九四年十一月二十四日返回故鄉省親，並向薛氏宗親會提議：赴廈門市禾山修建「薛令之公」墳墓事宜。斯時，個人擔任宗親會理事長一職，聞訊後即刻通知理、監事召開臨時會議討論，當晚假上後垵「金麒麟餐廳」開會，列席人員除永傳兄之外，還有剛從廈門返鄉探親的薛永祿兄。專案討論通過後進行餐敘聯誼，會中，永傳兄語重心長地期勉全體宗親緬懷前賢建設珠山，於民國初年贏得浯島「模範村」的美譽，如今應該同心協力，再造珠山第二春。當時我才虛度四十歲，卻是第一次聽聞模範村之說。

電話接通後，永傳兄很高興地問我住哪一家旅館？電話和房間號碼是多少？我告訴他之後，他說他的公司有二部汽車，可以派車來接我過去會面，不過，今天早上二部車子都已經出門，等到要來接我的時候會先打電話聯絡。接著，我就撥薛彩蓮的電話，我也是在出門三天前通知過她兒子阿平，希望能去拜望她。這次也是阿平接的電話，可是，他卻頗表歉意地跟我說，他母親今年九十二歲，說不認識我，不想跟我見面，叫我好生失望。

我跟阿平說：「令堂年輕時就讀珠山小學，于一九二八年夏天畢業後，由老師帶領和同學們從金門搭船前往廈門做畢業旅行五天，每人只花了大洋三元零三占而已。回家後寫了一篇遊記『三元零三占的代價』刊登在九月份珠山《顯影》月刊第一卷第一期，描述少女雀躍萬分、天真爛漫情懷及廈門風光水色明媚，全文長達三千六百多字，生動活潑，躍然紙上，端的不可多得。

因此，我特地從顯影上將此篇文章摘錄下來，重新繕打影印十份，帶來這裡想要當面送交令堂大人，並聊表問候之意」。阿平聽我如是說法，頓感興趣，就說他明天要來旅舍拜訪我。待吃過晚飯，閒來無事，我就獨自步出旅館，隨便逛逛，拐了一個彎，竟然走到繁華的大街上，高樓大廈聳立，百貨公司和大賣場比比皆是，人潮熙熙攘攘，各色人種都有，好不熱鬧，如同台北市的東區商圈一般。

四日早上，第一位來賓到訪，我迎接他進房請坐，告訴我他是許昰德，叫做阿德，是阿平的哥哥。因為他們兄弟都在工作不得閑，只能推派一人請假過來會面。我趕快把他母親小學畢業旅行時寫的那篇文章拿給他看，他一邊看，一邊高興的呵呵笑。我翻開《金門薛氏族譜》，找出他外公薛永浪的名字所在，最後又送他幾盒金門貢糖，他開心的回去。

隨後，接到永傳兄來電說昨兒晚上打電話來找不到我，我說到大街上逛到很晚才回來；他說司機現在出發要過來接我，到旅館時會再打電話給我，我說那就專等了。不久，電話鈴聲又響，我心想來得好快，拿起電話一聽，耳際傳來一陣熟悉的聲音，原來是吳秀嬌，她說她們慶賀團從馬來西亞飛抵新加坡，剛到餐廳準備吃午飯，問我要不要過去會合一起用餐？我說已吃過午餐，即將去拜會宗親，車子要來接我了；她說要不然今天晚上七點鐘金門會館請吃飯，我們再一起碰面好啦，我說一定會到。

沒多久，電話再度響起鈴聲，司機到達旅舍門口，我馬上帶一些東西出門，是一部箱型車，司機說他姓梁，祖籍地也是閩南。車程只花二十分鐘就到，上樓後進入一間辦公室內，看見闊別十年之久的永傳兄從小辦公室裡走出來，我趕緊上前握住他的手說：「永傳兄，我們有十年沒見面了，時間過得好快」。他說：「芳千叔，我們上一次在金門見面，已經是十年前的事，難得你這麼遠來看我，實在很高興」。我說你比十年前要清瘦許多，不過，眼神和精神都很好喔！

他說中國內蒙古的薛振江出版了一部《薛氏家族志》很有份量，你有沒有收到？我說沒有，我在金門有見過一次，翻了一下，曉得你出錢最多，所以，他請你出任副總理事長。但是，先前邀稿時，他寫信要求我提供文稿，我寄了三篇有關金門珠山及薛氏族人的文章給他，結果，他言而無信，竟然連一篇都沒有採用。永傳兄說這部家族志如果沒有他出錢又出力，肯定是無法出版的，他不但自己出錢最多，更發動菲律賓、台灣及金門的薛氏宗親大力捐助經費，這些捐款至少佔了百分之五十以上。他聽我說沒有家族志，就表示要從金門送我一部，當場打電話回金門找薛永寬兄說：「永寬，我是永傳，芳千叔現在新加坡我這兒，我在金門還有三部家族志，麻煩你送一部給他」。永寬兄也在電話中答應了。

我把數位版的《金門薛氏族譜》拿給他看，並告訴他數位版的優點，在於世系表中除了列出名字之外，更在名字旁邊寫出人物小傳，以一百字為原則，讓族譜更添幾分可讀性，然後，把數位版族譜當面送給他。我說這套修譜專用軟體是我們協會蕭永奇理事所精心開發出來的，功能強大。

請他將子女和孫子女的姓名、出生日期及履歷收集完整，連同他自己的經歷一併傳送給我鍵入電腦檔案。他說：「我們旅居此地有一位宗親薛振傳，半年前回去金門展覽書法，你有沒有和他見過面」？我說有去看過展覽，他的書法寫得很好，但沒有見過面。他便撥電話予振傳兄，告知我在他這兒，振傳兄回說馬上過來相會，沒有多久，他果然進來辦公室，我站起來與他握手寒暄。振傳兄說十幾年前他陪父親返回金門安崎故鄉參與祝賀其叔父薛天思先生新厦落成誌慶，跟我見過面，至今仍然留有一張我的名片。哎喲，振傳兄真是好眼力，好記性，叫我好生敬佩。三人共話桑麻樂陶陶，我也拜託振傳兄蒐集兄弟姊妹及子女的資料，以及父親生卒日期、一生行誼和自己的履歷給我。

不覺時光飛逝，已近黃昏，我便起身告辭，並告知晚上要去參加金門會館餐會。永傳兄就請梁先生開車送我回旅舍，振傳兄也要送我回去，回到房間時，我便把新加坡國立大學的電話號碼拿給振傳兄，拜託他幫我找物理系的薛芳谷教授，因為，學校總機的應答皆是英文，沒有華文，我實在無法度。振傳兄是南洋大學的高材生，又是國立大學的碩士，自是一路輕騎過關，找到芳谷兄的研究室電話，接通後，我趕緊問：「喂，請問薛芳谷教授在不在」？對方說他正是薛芳谷，不知哪一位找他？我說：「我叫薛芳千，來自金門珠山，跟你同姓同輩份，想和你見面認識，不曉得方便不方便」？他說：「難得有這麼遠的鄉親來，當然要與你認識，你住哪一家旅館」？

我告訴他旅舍的名稱後，他就說他知道地方，二十五分鐘可以到房間來。芳谷兄是薛前璧叔父的長子，兄妹五人，事業卓然有成。前璧叔是新加坡鼎鼎有名的資深報人，又名薛殘白，一九一一年出生於珠山，十七歲時遠渡星島，任「總匯報」及「星洲日報」記者多年，主編過《星期六周刊》和《亞洲金門同鄉通訊錄》。

隨後，我又打電話找到薛承明兄，約他晚飯後認識見一面，他爽快地答應相見。承明兄的令尊薛永黍先生，是新加坡大名鼎鼎的教育家，出生於一八八九年，為金門出國留學的第一人，榮獲美國密西根大學歷史碩士學位，學成歸國後即在一九二四年出任廈門大學教授多年，時廈大創辦尚未及三載。于一九三六年十二月接受星洲華僑中學之聘，出任校長一職，華僑中學係由愛國僑領陳嘉庚先生于一九一九年創辦。永黍先生擔任華中校長十多年，校務蒸蒸日上，印尼及馬來西亞的青年學生，也紛紛前來就學，華中儼然成為南洋地區最高的華文學府。

沒有多久，芳谷兄準時出現在房門口，我即刻上前握手歡迎，相互自我介紹後，一併介紹振傳兄認識。我隨即送他一本數位版《金門薛氏族譜》以及一本《珠山大樓還珠記》，也請他彙整兄弟姊妹與子女的姓名、履歷，和前璧叔的生卒日期、一生行誼後，傳送給我鍵檔。三人同宗一族，晤談甚歡，充分流露血濃於水的兄弟之情，話畢道別，我請芳谷兄順道載我到牛車水，請振傳兄充當嚮導帶我上街採購些許物品，他們一諾無辭。芳谷兄送我到大坡下車後就先行離去，振傳兄則陪我一路逛街購物，一次搞定，並參觀著名的印度廟，廟外的人身圖像繁多，色彩艷麗，卻又不失神聖莊嚴。在德士站搭計程車前往慶利路的金門會館，到達後我單獨下車，振傳兄原車返家，感謝他陪伴我一個下午，幫我許多忙。

剛下車，導遊李小姐靠近問我是薛先生嗎？我說是的，她說吳秀嬌交代她在門口招呼我到三樓會議室，待我進入會議室，看見濟濟多士，共聚一堂，不下三、四十人之多，我向大家點頭為禮後，自行就座。正好，吳秀嬌總幹事在作報告，她的對面坐的都是會館諸位鄉賢。她甫報告完畢坐下，黃文遠團長馬上起身向眾人介紹：「我們還有一位專程趕來會合的夥伴，叫薛芳千，他是珠山人」。我趕緊起立向大家鞠躬致意，眾人都說珠山就是山仔兜嘛！我說是的，是的，才重新坐下。

只見黃團長對面那位方百成先生站起來說：「現在已經七點多鐘，各位遠道而來的鄉親想必肚子也餓了，我們先到一樓用餐，一邊吃飯，一邊繼續交換意見，也比較方便，好嗎」？大夥都異口同聲地表示贊成，下樓到「慶昌堂」大廳，已經擺好四張圓桌和椅子，隨時都可以上菜了。我跟蕭永奇同桌坐在一塊，他問我是怎麼來的？我說沒有領團，也沒有導遊，我是自個兒單槍匹馬闖進來的，明天中午返台。同桌的會館鄉親有方百成先生、蔡國霖先生、林長鏢先生、陳佳模先生、黃先生、盧先生，以及慶賀團的盧懷琪賢伉儷。

上菜後，大家互相敬酒，把酒言歡，並交換名片，氣氛熱烈又融洽。我請教百成兄，寒川兄今晚有沒有來？我有看到由他主編的那一本《新嘉坡金門籍寫作人作品選》，已經由會館出版發行，列為金門叢書之一。百成兄說怎麼沒有？他就坐在隔壁那一桌，然後喊著：「寒川，請你過來這裡，有人找你哦」！戴著一副眼鏡的寒川兄隨即走過來，我立刻站起來和他握手並且自我介紹，說我有見過你主編的那本作品選，他說這本書有帶來，馬上送你一本，說完就拿來一本署名後交給我。

我跟他講帶來二本《金門情深》放在旅館，等散席後我回去拿一本送你。筵席結束後，他順道先送洪天送先生回家，再送我去旅舍，抵達後他說還有事，就在車子裡等我，我便上樓去拿書，一本送給他，另一本請他轉送會館，他說沒問題，會請郭秋裕秘書代轉，說完，他又送我二本薛殘白主編，于一九九〇年出版的《亞洲金門同鄉通訊錄》，真是感謝他。

回到房間，我立刻打電話給承明兄，告知已回到旅館，專等大駕光臨。十點鐘剛過，承明兄蒞臨，初次會晤，相互握手問候既畢，我拿起《珠山大樓還珠記》送給他，他一看封面的署名，就說：「原來你是薛芳千，這名字早在幾年前我就曾經見過」。我頗感意外和驚喜，問他是如何見過的，這裡是不是有金門日報？他說這兒沒有金門日報，他也是看過《珠山大樓還珠記》這篇文章，才知道作者的名字。我說這本珠山村史中有一篇專寫令尊大人的事蹟，請你過目後惠以指正，如有錯誤或疏漏，我再加以修改。他說：「我也很羨慕你能在工作之餘，從事寫作，尤其是記述珠山家鄉及薛氏族人的人事物種種，對於珠山和薛家都是一項很重要的傳承」。

我便請問他的生平工作與學經歷。他說：「小時候，家裡環境不好，讀書要靠獎學金，畢業後必須在政府機構服務若干年。唸完南洋大學，我就到稅務局工作，再考上國立大學讀二年後又回到稅務局，後來調到教育部服務，然後又調到總理公署擔任區秘書。最後，離開政府部門，和朋友合夥做生意，一轉眼也做了二十年，真是歲月不饒人呀」！

我拜託他：「令叔薛永麥先生有幾位子女也定居此地，麻煩你代為聯絡和彙整其姓名、出生日期、履歷，令叔的生卒日期與生平略傳，以及你們家人的資料，再傳送給我鍵入族譜檔案裡」。我倆交談十分投契、相得，直到凌晨一點鐘，方才依依不捨互道別離，今日一別，海天各居一方，兄弟叔侄下次要再相聚，又不知是何年何月？談話中過了深夜十二時，他家裡就打來三通電話催他回去，不過，他仍然意興遄飛，跟我談起台灣的自由，李敖的旋風等等，真令我心有戚戚焉！

五日上午十一時，我拎起行李到櫃台退房，交還鑰匙和電話保証金收據，櫃台小姐立即列印一份通話明細帳，並退還餘額。我就坐在大廳等候旅行社的小巴送到機場，準備搭乘下午一時的班機返台，沿途路上花草樹木夾道相送，不愧是「花園城市」的美稱。進入航站大廈劃位，通過出境海關查驗，一路閒逛各家免稅商店到候機室登機，坐定後看空姐抱著毛毯走過來時，想到前事不忘，後事之師，趕快招招手拿了一件舖在胸腹之間，果然溫暖許多。

拜現代空中運輸工具發達之賜，朝辭星洲白雲間，千里台灣半日還。飛機穿越雲層下降時，已是夜幕低垂夕陽西下，下午五時多，停妥後，旅客經由空橋魚貫下機，到達入境的出口後，我就轉到機場巴士站搭車前往台北過夜。次日一早往松山機場補位上機，一個小時後抵達金門機場，再乘車返回舒適安逸的家裡。

五百年前是一家，血脈傳承不離分。

2005／12／01

第三十二回　兩岸薛氏一家親

那一天，是二〇一〇年四月暮春時節，正是鶯飛草長的日子。我剛下班回家就瞧見信箱裡靜靜躺著一封信，隨手抽出來一看，收信人就是我沒錯，可是收信地址只有「金門薛氏宗親會」七個字，但沒有詳細地址也沒有門牌號碼啊！我起先楞了一下，光是這樣的收信地址照講是寄不到我手上的，卻偏偏送上門來了；我隨即明白過來，這就是我們台灣郵差之所以被稱為綠衣天使的原故，把不可能化為可能的本事嘛！感謝郵差先生的傑作和成全。

再一看寄信地址竟然是來自泉州市，可把我弄懵了，我雖然藉著小三通之便出入廈門無數次，但是只在七、八年之前跟團去過泉州旅遊一次，匆匆停留一晚而已，未曾留下任何痕跡或地址，怎麼會有人找上門來呢？心想欲知信中究竟是何人何事？拆開一看便知分明。只見當中一紙龍飛鳳舞說道此君收藏一些薛氏族譜珍貴資料，歡迎借讀參閱，署名為薛保生，還附有一個電話號碼。哦！我明白了，原來是血源同脈的薛氏宗親跨海來聯繫，並願意分享寶貴之薛氏族譜。一則盛情感人，二則禮不可失，我得好好回敬為是。

次日，我立馬付諸行動，一通電話打過對岸去，接電話者即是薛保生兄，我自報姓名及所在地，告知已收到來信，感謝他的好意要與我分享薛氏族譜之寶貴資料。他聽完後甚為高興，歡迎我有機會到泉州時找他查看族譜，大家都是薛氏宗親，血濃於水，不分彼此。他又告訴我泉州市有成立一個薛氏宗親會，理事長為薛建設，並告訴我理事長電話。

隨後，我又再打一通電話給薛建設兄，先自報家門外，再說明接到保生兄的來信及內容，以及跟他聯繫的經過。建設兄聽完很高興，就熱情邀請我一起見面、互相認識，我深表贊成宗親會面，我告訴他是他到廈門來與我碰面，或是我到泉州去拜訪？他說這二種方式都可以考慮，希望能儘速促成。之後，經過幾次與建設兄用電話與短信的聯繫，終於敲定在五月二十二日早上，我由廈門搭乘動車前往泉州拜訪薛氏宗親。

是日，我抵達泉州火車站時，建設兄臨時因故無法前來，改派二位宗親來接我。我先打電話給保生兄告知已到地頭，他就住在車站附近，隨即過來會面。宗親首度見面，倍感親切，然後驅車前往市區酒店。進入酒店房間內，與十來位薛氏宗親相見歡，建設兄逐一為我介紹認識，大家互通姓名及互道仰慕，同宗之間不分彼此，其樂融融。其中，秘書長薛祖瑞兄遞給我一份《溫陵薛氏祖譜》稿本，以及相關資料，我翻看一下，知道泉州宗親正在編修薛氏族譜。

稍事寒暄之後，再轉到隔壁大廳，只見牆壁當中高高掛起一幅紅布條寫著：「熱烈歡迎金門宗親薛芳千理事長蒞泉聯誼」，席開四桌，每張桌子都是座無虛席，出席人數約有四、五十人。這景象及場面真叫我驚訝不已，我原本以為餐敘就是房間內這十位親同參加而已，一桌酒席就足夠了，不承想竟然是四桌的人數，真是太隆重、太盛情了。

就座後，建設兄首先致詞：「歡迎金門宗親薛芳千理事長訪問泉州，這是兩岸分隔六十年之後，泉州、金門薛氏宗親首次相聚一堂，多麼難能可貴！我們是同宗一姓，血濃于水，天下薛氏一家親。從今以後，大家像兄弟一樣要常來常往，相互尋根尋枝，增進了解及情誼。今天為了表示歡迎芳千兄的到訪，凡我泉州薛氏宗親各房各柱均推派代表參加歡迎餐會，和芳千兄互相見面認識。此外，今日正好是我們泉州薛氏祖墓一年一度祭祖的大好日子，又是芳千兄大駕光臨，真是雙喜臨門，可喜可賀」。

隨後我起立致謝：「感謝薛建設理事長及各位兄弟叔侄盛情款待，能有機會回到我們薛氏宗親的懷抱，真是既溫馨又親切。今天是我們泉州與金門兩地薛氏宗親相會的日子，又是泉州本地薛氏宗親祭祖的大日子，真是躬逢盛會，快慰平生。今後我們兩岸宗親要多多交流，加深手足之情，相互提攜、相互照顧」。

我在主桌逐一認識宗親及長老，才知道泉州薛氏宗親會尚有一位會長薛璋望叔，也是該會的負責人之一，璋望叔德高望重，齒德俱尊。而在薛振洲叔面前有一疊複印的文章，我翻看一下，全是我歷來所寫發表于「金門日報」的文章。感覺蠻不好意思的，又不好問他是如何搜集來的？然而，振洲叔卻告訴我說十幾年前就知道我的名字，我說怎麼會呢？十年前小三通還沒開放，我也沒有到過泉州或廈門啊！

他說十多年前馬來西亞的華橋回鄉，有跟他談起過金門有位宗親叫薛芳千，為薛氏宗族做了一些事，所以他對我早有耳聞。直到二〇〇六年泉州薛氏宗親會成立之後，他們就有跟我寫過信，但是寄出一次、二次通通沒有回信也沒有下文。我趕緊說明在這之前，我確實沒有收到任何信件。他說這一次倒是薛保生個人所寫的信，想不到就有了回音，我們才能見上面，真是薛氏祖先有靈有保佑，真的來之不易啊！餐後稍事休息，下午我又坐動車前往福州。

之後我就一直跟建設兄保持聯繫不斷，於同年九月初特地攜帶《金門薛氏族譜》再度拜訪泉州宗親。赫然發現兩地族譜中的幾篇譜序完全一樣，由此可知彼此淵源深厚，在修譜過程中極有相互參考之價值。這一次會面的宗親就十來位，談論最多的話題便是族譜，大家明白修譜確是宗族中一大盛事，卻也是一項艱鉅、複雜、龐大的工程。幸好，泉州宗親人才濟濟，在各行各業中嶄露頭角者所在多有，要同心協力、貢獻宗族事務者大有人在。目前是由祖瑞兄負責修譜事宜，已經規劃完整，也有初稿完成，假以時日，定能大功告成。

交談之中，建設兄與多位宗親提出擬組團前往金門拜會薛氏宗親並行聯誼，是否可行？何時為宜？我說那當然好，非常歡迎蒞臨金門，如果泉州宗親能到金門聯誼，意義非凡，金門宗親改日再到泉州回拜，對於增進兩地宗親情誼功效宏大。拜會時間以冬至日為宜，因為每年冬至是金門薛氏族人一年一度的祭祖日子，當天在外各地的薛氏子弟都會趕回珠山參加祭祖，祭拜完畢合族男丁就在薛氏家廟聚餐聯誼，稱為「吃頭」，最是一派興旺氣象。談話中達成結論，就以今年冬至日，由泉州薛氏宗親會組團前往金門拜訪、聯誼，並參加金門薛氏宗親祭祖。除了該辦的出境手續以及到金門的吃住和交通均由旅行社辦理之外，所有到金門的聯絡事宜均以我為對應窗口，並由我向金門薛氏宗親會報告拜訪事宜，雙方同時進行。

討論完畢，碰巧福清的上薛村薛氏宗親到惠安採購牌坊石材，一行十多位順道拜訪泉州宗親。我得便與上薛村委會書記薛從仁、村長薛從華兄弟會面，當我請問從仁兄貴庚多少，他回說五十五歲，建設兄緊接著說是跟他同年，我說也和我同齡，我也屬羊耶！大伙一聽可樂了，齊聲哈哈大笑說是三羊開泰，大吉大利哦！從泉金兩地族譜中譜序得知，福建的薛氏源自河南光州固始，再從福安的廉村開枝散葉，分枝到福清，由福清到泉州（溫陵），所以泉州宗親前兩年即專程上溯到福清去尋根聯誼。

十二月二十一日中午，泉州市薛氏宗親會一團十六人，由理事長薛建設兄領隊抵達金門水頭碼頭。我趕往迎接時，建設兄一行已經順利通關出境到候船大廳，兄弟彼此異地相見倍覺珍貴。隨後建設兄告訴我此行三天的行程是，第一天下午由旅行社安排導遊及車輛參觀金門風景名勝，第二天全程拜訪金門宗親進行聯誼，參加薛氏家廟祭祖與合族聚餐（吃頭），第三天上午繼續參觀，中午即行賦歸，重點就在第二天冬至日的訪親與祭祖活動。當天晚上，我陪著建設兄及祖瑞兄上街採購一對蠟燭、一對鞭炮、一對新鮮花籃，作為祭祖之用。

次日早上，我再奉陪泉州宗親前抵珠山，在薛氏家廟前介紹由金門薛氏宗親會換手接待，遂派員引導至「薛永南兄弟洋樓」進行簡報，並相互介紹兩會成員認識及互贈禮物。正午時刻，行政院政務委員兼福建省主席薛承泰兄抵達薛氏家廟前，先與建設兄等遠道而來的泉州宗親見面相識，互相贈送禮品，晤談甚歡。隨即開始祭祖，一如往年完全遵照古禮隆重進行，由承泰兄主祭，建設兄陪祭，其他全體宗親與祭。禮成之後，合照留影做為歷史見証，泉金兩地薛氏子孫歡聚一堂。拍照之後開始合族聚餐（吃頭）聯誼，兄弟叔侄把酒言歡，共話桑麻，歡樂喜悅洋溢會場，相約後會有期。

回顧此次冬至祭祖，泉州薛氏宗親跨海而來共襄盛舉，並行訪親聯誼，實屬一極為難得之盛會，意義重大。而且圓滿順利，為兩地宗親奠立良好互動的契機，殷盼有來有往，互相交流，共同攜手合作致力於薛氏宗族事業之推動。

回味建設兄所倡言之天下薛氏一家親，於我心有戚戚焉！而且除了此次之外，我亦多有參與，比如親自拜訪高雄市左營薛氏基金會、高雄縣茄萣薛氏基金會、澎湖薛氏宗親、彰化鹿港薛氏宗親、新加坡薛氏宗親、廈門奄兜薛氏宗親，派員訪問福建福安廉村薛氏宗親等。一九九四年我擔任金門薛氏宗親會理事長四年，就開始注意涉外事務，尤其是各地薛氏宗親團體的聯繫和聯誼，茲略述如下。

首先，透過高雄電信局同仁薛文益兄引介，二次親自拜會左營薛氏基金會，該會成員人數雖然不多，但是人才鼎盛、精英輩出，有醫師、律師、會計師、工程師，濟濟多士，而且向心力極為堅強。創會董事長薛國樑先生為旅居日本華僑領袖，曾任第一屆立法委員多年，對於宗族事務出錢出力，不遺餘力，創建一棟三層樓會館，購地興建一座薛氏族人專用靈骨塔，耗資五千萬元台幣，個人即獨捐五百萬元。

其次，通過電信同仁薛正昌兄介紹，和他的故鄉茄萣薛氏基金會建立聯繫管道，相互交換會務資料多年。根據台灣省政府統計，台灣薛氏人口有三萬多人，其中百分之八十來自高雄茄萣，薛氏子弟在各行各業中均有傑出人才。經過聯繫十年之後，我在二〇〇五年首度造訪茄萣薛氏宗親，並互相交換薛氏族譜參閱。

再次，於一九九六年專程前往澎湖拜訪薛光豐、薛光林兄弟；經過交談，得知他們計劃成立澎湖薛氏宗親會，以收聯絡宗親情誼、集思廣益及眾志成城之效，致力於興建薛氏祠堂與編修薛氏族譜等宗族事業。我亦告之如果成立宗親會以及修譜、建祠堂，金門宗親都願意盡力提供協助，就請隨時通知。經澎湖跨海大橋到西嶼鄉內垵村尋找分枝，會見薛先正兄，由《金門薛氏族譜》查知，內垵薛氏宗親即由金門珠山薛氏第十三世薛仕乾公移居繁衍而來，正是血脈相連一家親，情同手足，其族譜的幾篇譜序及昭穆輩份的排序跟珠山薛氏完全相同。

因著澎湖訪親之後返金，翻閱近日之「金門日報」，無意中瞧見有一篇社論的標題犖犖長寫著「金門各氏族應該組團到台灣尋找分支」，其看法恰與個人的做法不謀而合，難道是英雄所見略同嗎？原來該文是出自當時的李錫隆總編輯，也是相熟的鄉親。

又次，數年後到彰化鹿港採訪薛錦城兄之叔父家人，錦城兄係鹿港旅居高雄市經商有成，於一九九四年冬至日陪同其孀母三人到金門尋根認祖，其孀母均為薛氏媳婦，其丈夫去世前特別囑托她們代為返鄉尋根，為了卻親人之遺願她們一路輾轉打聽回到丈夫的原鄉來。金門族人為感念她們的真誠和盛情，特別破例，延請她們參與冬至祭祖和聚餐，這是有史以來首次有婦女進入薛氏家廟參加吃頭。

二〇〇五年，我單槍匹馬飛往新加坡，首先會見薛永傳兄。因為永傳兄返鄉省親多次，我在金門亦曾見過二次，此次異地相逢，晤談極為愉快。話題自然是離不開內蒙古和《薛氏家族志》，因為內蒙古設有一個「黃帝世家薛氏文化研究會」，全國十三個省市設有分會，薛振江兄擔任總理事長。振江兄在十年前通過新加坡僑社團體和永傳兄取得我的通信地址，開始和金門及旅台薛氏宗親會聯繫上。

幾年後他著手主編《薛氏家族志》一書，我們台金兩地薛氏宗親會均予捐助出版費用，尤其是新加坡永傳兄更是以個人資金給予大力捐助，使得該書才能順利出版，永傳兄因此而被授為該會副理事長一職。振江兄亦因編著《薛氏家族志》之皇皇巨著，而榮獲中共總書記、中國國家主席江澤民先生在北京人民大會堂接見及表揚，這不僅是振江兄個人的成就，也是我薛氏族人的榮耀，誠為美事一樁。

永傳兄即問我有沒有這本書？我回說沒有。他就表示要送我一本，當場打電話回金門找薛永寬兄說：「芳千叔現在新加坡我這兒，我在金門還有三部家族志，麻煩你送一部給他」。永寬兄也在電話中答應了，可是我回到金門後幾次碰見永寬兄，他也沒有把書拿給我啊！永傳兄又為我介紹薛振傳兄認識，振傳兄好記性，他說十幾年前他回金門安岐慶賀叔父薛天思先生新廈落成時跟我見過面。隨後我分別聯絡薛芳谷兄及薛承明兄見面認識，談談原鄉的景色及人物，他們的令尊都是星洲鼎鼎有名的人物，芳谷兄的父親薛前璧叔是著名報人，承明兄的父親薛永黍兄則是聞名教育家，曾任華僑中學校長多年。

二〇〇六年我專程到廈門禾山安兜尋訪薛氏宗親，因為在《金門薛氏族譜》中就有一篇文章和照片報導永傳兄參訪奄兜的記載，一直深印我的腦海，每每想去親臨斯地一訪。進村一問，那人恰恰正是親同，叫薛慧峰兄，他說他哥哥薛揚輝有在參與宗族事務，便打電話請來會面，揚輝兄再介紹我認識薛漢勝兄，並一起到薛氏祠堂上香秉告，以及獻上一份敬爐金。

先後造訪三次，拜會長老薛卜華兄及其他宗親，並將我帶去的《金門薛氏族譜》奉贈卜華兄的公子揚國兄。次年，廈門薛氏宗親有一中轉赴台旅遊團在金門停留一晚，透過導遊和我聯絡，我便陪同來自奄兜村委會書記的薛揚龍兄，在第二天一大早抵達珠山薛氏家廟上香參拜，揚龍兄就在家廟內遞送一份敬爐金，交由珠山長老薛承助兄開立收據。再之後，有來自禾山的薛永德兄三位宗親蒞臨薛氏家廟，由我陪同參訪珠山及參拜家廟，也是由承助兄收下敬爐金一份。

透過內蒙古薛振江兄的居中引介，金門薛氏宗親會也與位在福建福安廉村的福建省薛氏宗親會建立聯繫管道，該會理事長為薛宋清兄。旋不久福安廉村薛氏祠堂重修，金門薛氏宗親會亦匯款贊助之，次年落成奠安，宋清兄專函邀請蒞臨觀禮，因時間緊迫，証件趕辦不及無法成行，乃電請宋清兄代辦一切應備匾額、牲禮等物品，費用概由金門報銷。

之後我亦告知振江兄及宋清兄，金門宗親計劃前往廈門禾山尋根認祖，因聽我伯父薛自然先生提起他少年時祭祖便是在禾山的薛氏祠堂。不知他們有何高見？應該與禾山什麼人接洽？宋清兄說禾山長老為薛卜華兄，可以和他洽詢。但是，後來金門薛氏宗親討論卻是跳過禾山選擇往上溯源到廉村尋根。一九九七年金門薛氏宗親會為了組團到福建福安尋根祭祖，特別派先遣人員薛金福兄等四人前往探路及接洽有關事宜，諸事順利。便於次年組團五十多人正式前往福安尋根，受到當地各級領導的重視、接待及熱烈歡迎。雖然我因故不克隨團出發，仍然深感與有榮焉！

在宗親會任事四年，屆滿前二個月，薛明哲兄弟跟我提起宗親會應該組團前往菲律賓訪問及回饋華僑宗親，我深表同感。但因即將定期改選及辦理移交，要排入本屆理事會議程討論及執行，實在時不我予，只得請他伺機提交下屆理事會討論。果然，下屆理事會經過討論後於一九九九年組團專程赴菲律賓探訪僑親，並回饋台幣一百萬元，略表一九四七年菲僑捐贈原鄉興建「珠山學堂」之建校基金美金二萬多元的回報。當然，同樣的金額，當年的貨幣價值要遠高於今日的幣值囉！我亦拜託訪問團成員薛芳世兄代為尋找薛維山叔公的下落，待返金後芳世兄告知維山叔公已經過世兩三年，但是他透過衣里岸薛祖彬兄查知維山叔公之長女薛碧蓮姑定居於宿霧，並把她的電話號碼給我。

在宗親會任滿移交後，我就落得無事一身輕，真是一日無事小神仙，神仙快樂在心頭。便選在一九九九年初的除夕前一天，專程到土地銀行金門分行向陳維雄經理拜個早年，互道恭禧。談話中陳經理卻跟我說：「金門這麼多姓氏宗親會裡面，就屬你做得最好，把會務辦得有聲有色」。我趕緊回說：「您真是太過獎了，我可是擔當不起唷」。

你敬我老我尊你賢，落實行動不落空話。

2011／08／16

第三十三回　什麼叫敬老尊賢

十年前（二〇一〇年）的五月二十二日早上，我應「泉州市薛氏宗親會」理事長薛建設兄之邀，第一次由廈門搭乘和諧號動車前往泉州拜訪薛氏宗親。是日，我抵達泉州火車站時，建設兄臨時因故無法前來，改派一老一少二位宗親來接我。老者一頭燦燦白髮，名叫薛振洲，時年八十二歲，我只有五十五歲，年長我一輩了，我趕忙稱呼「振洲叔，你好」。誰知他卻叫我「芳千伯，你好」。我以為他喊錯了，這怎麼敢當呢？連忙稱「振洲叔，你喊錯了，叫我芳千就好了」。他微微一笑，沒有說什麼，旁邊另一位宗親點點頭也沒有開口說話。宗親首度見面，倍感親切，然後驅車前往市區酒店。此次相會緣於上個月我意外收到一封來自泉州市的信件，經電話聯系之後知道是薛保生兄郵寄來的，並介紹我與泉州市薛氏宗親會理事長薛建設兄電話聯絡上的。

進入酒店會客室內，與十來位薛氏宗親相見甚歡，理事長薛建設兄逐一為我介紹認識，大家互通姓名及互道仰慕，同宗之間不分彼此，其樂融融。稍事寒暄之後，再轉到隔壁宴會大廳，席開四桌，每張桌子都是座無虛席，出席人數約有四、五十人。我在主桌逐一認識宗親及長老，而在薛振洲叔面前有一疊複印的文章，我翻看一下，全是我歷來所寫發表于「金門日報」的文章。

振洲叔告訴我說十幾年前他們就知道我的名字，我說怎麼會呢？十年前小三通還沒開放，我也沒有到過泉州或廈門啊！他說十多年前馬來西亞的華橋回鄉，有跟他們談起過金門有位宗親叫薛芳千，為薛氏宗族做了一些事，他們在南洋看到金門日報所刊登我寫的文章，就予以複印之後帶回泉州。二〇〇六年泉州市薛氏宗親會成立之後，他們便幾次寫信到金門給我，可是一直沒有回信和下文，我說我確實沒有收到信件。

此時，振洲叔又一次喊我「芳千伯」，我還是以為他喊錯了，自然是不敢當了，趕忙說「振洲叔，你喊錯了，叫我芳千就好」。他笑一笑解釋說「我沒有喊錯，你叫我振洲叔，是因為我年紀比你大，你這是敬老；我喊你芳千伯，是因為你為宗族做出很多事情，我可是尊賢」。喔……原來是這樣子啊！大大出乎我的意料之外，我原以為是老人家一時口誤，卻是一點也沒錯，這是人家有所本的一種稱呼啊！雖然敬老尊賢，大家耳熟能詳，但是會這般身體力行，卻是難得一見，也叫我愧不敢當。

隨後建設兄告訴我，振洲叔的一位公子是本省司法廳長，一位公子是集美大學教授，這種家庭背景堪稱是閥閱之家了。乖乖隆的咚，廳長可是僅次於省長的高幹，高於縣長與市長同級的幹部哪！之後，泉州市薛氏宗親會秘書長薛祖瑞兄告訴我說，振洲叔是個好宗長，對於宗族事務竭盡全力，待人接物以禮以誠。而且他的學歷高，一九五〇年代從廈門大經濟系畢業，學識淵博。我聽完深感欽佩，要是能跟他多親近，自己身為晚輩定然受益匪淺。

同年十二月二十一日中午，泉州市薛氏宗親會一團十六人，由理事長薛建設兄領隊抵達金門水頭碼頭，我準時趕往迎接。次日早上，我再奉陪泉州宗親前抵珠山，正午時刻，福建省主席薛承泰兄抵達薛氏家廟前，先與建設兄等遠道而來的泉州宗親見面相識，互相贈送禮品，晤談甚歡。隨即開始冬至祭祖，一如往年完全遵照古禮隆重進行，由承泰兄主祭，建設兄陪祭，其他全體宗親與祭。禮成之後，合照留影做為歷史見證，泉金兩地薛氏子孫歡聚一堂。拍照之後開始合族聚餐聯誼（吃頭），兩岸薛氏一家親，兄弟叔侄把酒言歡，共話桑麻，歡樂喜悅洋溢會場，相約今後常來常往，後會有期。

金門薛氏源自廈門，五十年前一同祭祖。

2020／12／17

第三十四回　金廈薛氏一家親

兩門一家親

金門廈門門對門，兩門薛氏一家親。
眺望廈門莒光樓，江山留與後人愁。

2022／03／10

昨天下午我在金門跟廈門宗親薛文生通報，今天早上九點頭班船要過去拜會安兜及林後宗親，大家見見面敘一敘宗族之情，還要送他一本新書《金門情深深》，也要送給薛揚國一本新書，文生兄說他會開車到五通碼頭接我。我說「十七年前二〇〇六年我帶著金門薛氏族譜到安兜社拜訪時，首先認識薛揚輝，他帶我到薛氏宗祠介紹薛漢勝、薛卜華、薛揚國父子，揚國說安兜沒有族譜，問我能不能送他一本？我說金門已經沒有多餘的族譜，我自有的僅僅一本，既然你們都沒有，我就把自己的這一本送給你們。

我從金門薛氏族譜上得知安兜有祖厝，就準備一份敬爐金。沒想到遇見你才知道林後社也是薛氏族人村落，所以跟你到林後薛氏宗祠參拜時，身上已經沒有爐敬了，真是很失禮，請親同多多包涵」。文生說「沒事！一晃十幾年了，你還記得這麼清楚」。我說「呵……呵……我一直放在心上呢」！

至於我為什麼要專程到安兜社尋訪薛氏宗親呢？因為在《金門薛氏族譜》中就有一篇文章和照片報導我們珠山薛永傳兄參訪奄兜的記載，從此一直深印在我腦海，每每想著有機會去親臨斯地一訪。二〇〇五年，我單槍匹馬飛往新加坡，首先會見薛永傳兄，他年長我二十多歲。因為永傳兄之前返鄉省親多次，我在金門亦曾見過二次，當時他在諸位宗親面前提起他小時候的珠山被評為模範村，堪稱金門第一村，俗稱「有山仔兜厝，無山仔兜富」，山仔兜即是珠山，其富庶冠金門，但是其財富並非來自珠山本地，而是來自珠山旅居南洋宗親的僑匯源源不絕。

我深知永傳兄緬懷走過風華歲月的珠山榮景，我暗自期許有朝一日能有機會略盡綿薄之力，助力重回珠山風華。此次和永傳異地相逢，晤談極為愉快。所以我在二〇〇六年專程到廈門禾山安兜尋訪薛氏宗親，算得上是一場尋根認祖之旅，因聽我伯父薛自然先生提起他少年時祭祖，便是在禾山的薛氏宗祠，珠山稱為薛氏家廟。

今天金門往廈門碼頭班船客滿，九點半進港，十點我才下船通關，在到達廳出口看見文生，就坐上他的車前往林後青龍宮。和薛文革及薛金贊會面寒暄，喝杯水仙紅茶，一行人徒步走到金尚路對面林後薛氏宗祠，俗稱祖厝，我先向神主龕位鞠躬行禮，再獻上一份爐敬。然後在大廳落坐和薛揚志、薛煜成、薛金貴見面認識，文生說揚志就是揚國的弟弟，大家隨意交談無拘無束，文革特意送我二本新書《廈門北薛》，十一點半七個人再走過金尚路到對面餐廳吃飯。文生帶了二瓶洋酒，有二位開車不喝酒，五個人剛好喝完一瓶。席間文生說中午隨便吃個午飯，晚上我們再聚換一家好的餐廳吃飯。

我立馬說下午我要坐地鐵去海滄看望朋友會在那邊吃晚飯，我不能再過來了，等下次後會有期再相聚。文生說要去海滄就從這裡開車走海滄隧道很近只要二十分鐘，我送你過去比你坐地鐵快很多，我說好的，那就麻煩你了。好酒好菜好氣氛，吃到二點散席，文生送我到海滄只用二十分，真的好快。在車上我跟文生說「我們相別十多年，再相見依舊兄弟情深，把酒言歡樂融融，今後我們互相常來常往，共敘宗族之情。早上我帶上一些土特產聊表心意，六瓶酒六包貢糖六篇文章就請你代為分送安兜與林後各半，意思意思。兩本書已經寫上大名，你一本揚國一本，麻煩你了」。

我說「阿生，這一次相會看見你們的生活習慣十幾年不變，我記得上一次和阿革在金贊兄家泡茶也是水仙很好喝，可杯子用的卻是塑膠杯，我期期以為不當，只是沒有開口。今天上午在青龍宮和祖厝喝茶用的都是塑料杯，可見得你們沒有認識到害處，熱茶溫度八十至九十幾度倒進塑料杯，杯身軟趴趴不好握住，嘴巴接觸杯口也不舒服，這是不方便而已。塑料杯裝冷的涼的物品沒有什麼害處，有害處的是裝熱的高溫的物品，因為塑膠遇熱會釋放塑化劑，酒精也是一樣，這是有毒物質，要是順著物品進入身體，那是有害身體健康的，積累多了就會產生病變，不可不慎！所以喝酒和喝茶一定要用磁杯或玻璃杯來裝盛，不能用塑料杯代替」。

文生說「是啊！公共場所確實他們貪圖方便」。我說「是的，喝冷飲喝冰水無害身體，喝熱茶喝燒酒那就不一樣了，圖方便可不能有害身體健康啊！不就是一個洗杯子嗎？要知道身體健康，千金不換，身體好要從生活中一點一滴做起，你說是不是」？

求學之路屢經輟學，總算完成高中學業。

2023／05／04

第三十五回　少年崎嶇求學路

依稀記得幼兒時期，耳聽警報聲嗚嗚響起，父母親便會一把將我揹起，或挾在腋下，拉著三個姐姐的手，快步奔向離家約三百公尺遠的山溝，奔進山溝二十公尺左右才進入山中的土洞躲避隨後即至的砲火。那就是名聞中外的八二三砲戰，時當一九五八年的八月二十三日，我年近三周歲，這是我幼兒時期僅存記憶的片段，在這之前的記憶則付之闕如。

當時，我家借住在珠山大道宮前宮橋潭的左側，門牌號碼是珠山六十四號。房子為薛永乾夫人——許雪緣女士所有，村人皆尊稱為「緣官」，她是小學六年級同學薛祖耀的祖母，房子為閩南式的三落大厝，規模非常鉅大，號稱「下三落」，是珠山僅有的二棟三落大厝之一，另一棟屬於薛崇武先生所有，稱為「頂三落」。

過了二、三年，我們家便搬回自己家—珠山六十九號，也在大道宮對面的宮橋潭邊，我便是在一九五五年十一月十日出生於這間房子的地下室中。但是，這棟房子也不是我們自己家的，而是薛允朝夫人—楊筱忠女士所有，她的唯一兒子薛維山叔公，年輕時前往菲律賓荷羅基沓經營椰子園，事業非常發達，成就非凡。不過，他自從下南洋後，再娶當地女子生育子女多人，直到去世前，卻從未返鄉過。在允朝夫人辭世後，我的父母只能基於族人之誼代管其遺留下來的田地及房屋，但不能夠繼承其財產，只有等待他日維山叔公在菲島的子女返回珠山辦理繼承始可。

七歲時到了上學年紀，我到鄰村歐厝開始就讀愛華國民小學，家父及家母白天務農之外，還開了一家「千記油條店」，早晨做點小生意炸油條販賣，貼補家用。唸三年級時要參加全校查字典比賽，我不會查找，只得趕緊要求隔壁讀六年級的薛素萍學姐教我，經過自行練習幾天後就上場參加比賽。想不到，我頭一次參加查字典比賽就勇奪冠軍，成績跟六年級的一位郭水萍學長同分，因此，並列第一名，真要感謝薛素萍的指導有方，才能名師出高徒呀！自從三年級開始參加查字典比賽以後，一直到讀完六年級畢業，我只有包辦冠軍，從來沒有拿過第二名。

十歲起，每天大清早我必須用一個肩膀背著書包，另一隻手挽著一個裝滿油條的圓形竹籃子，沿著鄰近村莊從東沙、歐厝、泗湖、小西門一路叫賣油條一圈。賣完後再到學校上課，賣不完就把籃子帶到教室後面擺著，等下午放學後帶回家裡。放學後，還要帶著一隻方形的竹籃子到馬路邊、田梗間的木麻黃樹底下，撿拾枯樹掉落的樹枝、樹葉回家當柴火，以供炊食燃燒之用。然後，要到池塘裡挑水到田裡澆菜，種菜的用途有三項，一是自家食用，二是餵豬食用，三是送到菜市場販售換取金錢，以備日常家庭生活所需。

同村的薛承宙、許明珠夫婦，自小愛護我，從十歲那年起，每逢過年前一定會送我一雙嶄新的球鞋，當時一雙球鞋的價錢可抵得上一戶農民六口之家三、四個月的日常生活費用。即使我成年後進入社會工作賺錢還是一樣，結婚生子以後，連我的四個孩子也通通有份，一直到我三十五歲左右，我才千拜託、萬拜託他們不要再送了，因為，已經送給我太多、太多了。

薛永乾先生的夫人—許雪緣女士年齡最大，子孫滿堂，年長我五十五歲，珠山村人稱為「緣官」而不名。她與我住在鄰居，小時候我和父母及姐姐也曾借住過她家「下三落」好幾年，當我童年十二歲時，她從台灣返鄉省親，特地送我一件羊毛背心，穿在身上十分暖和，整整陪我渡過三個寒冬，令我終身不忘其恩深情重。

她晚年九十幾歲時候移住到金城她女兒薛黎明、女婿顏西林家裡，我偶然得知她的住處後便專程去探望她，坐下來閒話家常及陳年往事，她居然都能如數家珍、鉅細靡遺，而且思路清晰，令我嘆為觀止！談得投機，她叫來孫字輩給我沖咖啡，還留我吃飯，她女兒看見老母親那麼開心，當她送我離開時好言懇求我有空就過來陪她媽聊天，難得有這麼一個合意的談話對象，能讓她母親度過歡欣愉快的時光，我當場答應，之後我就經常登門拜訪。

有時候間隔得長一點，一進門她女兒就會告訴我，這兩天她媽不見我去，時不時還會惦記我是不是上班比較忙沒有空去看她？緣官知道我四十三歲剛剛當外公，有一次她就拿了一堆嬰兒的小人兒衣服給我，說送給我的外孫穿，這些都是她自己親手縫製的衣服，可把我嚇了一跳！她說除了視力差一點無法穿針線，必須交給孫字輩的代穿之外，其他的裁剪及縫製依然得心應手。想不到九十幾歲的人還能做女工、縫衣服，真是不可思議，原來人是真的充滿無限可能的。等到她作百歲大壽時，就回到珠山老家宴請諸親好友，席開數十桌，萬壽無疆，歡樂無限。老人家端坐大廳中央，內親外戚都來歡喜拜壽，她的孫子帶著他們的孫子來叩拜，那應該是五代同堂了。百歲大壽之後兩年，她才福壽全歸，真是珠山之福！

十三歲當我唸國小六年級時，我就知道唸書對我來講是一件很容易的事，一篇國語課文只要讀過三遍便會背起來，最長、最難的「林覺民與妻訣別書」也不過是讀五遍就會背了。但是，讀完三年級，我的求學之路便開始了揮之不去的夢魘，因為升上四年級註冊時，父親說不准我繼續唸書，要我跟著下田耕種，從事農作，我很無奈，但又別無選擇。

直到開學一周後，老師到家裡來苦口婆心勸告父親說：「芳千這孩子很聰明，讀書功課很好，何不讓他多讀一些書，將來會比較有前途，勝過他一輩子種田。要幫忙做農事，可以利用放學後與放假日幫忙就行嘛！至於註冊費三、四元，如果不方便，可以給你先欠著，等你賣豬有錢再還就好了」。父親勉強答應，直到六年級畢業，我考完國中／初中會考，父親便說：「我們家八個小孩除了你，沒有一個小學畢業的，書讀得再多都沒有用，要會種田種菜才有錢賺啦！你已經足夠了，別妄想要唸國中，何況，我們家也沒有錢讓你去讀書」。當時的國中會考錄取率，大約只有百分之五十而已，要考取並不容易，但是，我考上了卻沒有機會去讀。

幸好，開學幾天後，就在我絕望之際，出嫁到金城的大姐薛秀能有一天回到娘家珠山，知道我考上國中卻無法就讀，深表可惜，便向父親建議說：「難得弟弟能考取金城國中而無法就學，於他將來前途非常不利，何不讓他去讀，學費就由我來負擔好了」。斯時，大姐夫黃清住經營萬國汽車修理廠，正是「馬達一響，黃金萬兩」的時代，更何況是修車業者，其利潤豐厚，事業發達，要承擔我的學費毫無困難之處，因此，父親才勉強答應。所以，我要特別感謝大姐和大姐夫的栽培之情，從國中到高中畢業，總共照顧了我六年之久。

十四歲就讀金城國中一年級，我的智力及眼力均達到巔峰期，擅長察言觀色，辨別好惡，善體人意；更能夠將一周前所發生的人、事、物，用回憶法按時間前後順序完全描述出來，猶如錄影後之倒帶重播一般。

沒想到唸國二時，因為學費沒有著落，不得已離鄉背井，離開從小居住十四年的故鄉——珠山六十九號房子，隻身遷居到金城大姐夫家，寄人籬下，仰賴大姐經濟上的支援和生活上的照顧。不過，由於大姐夫經營汽車修理廠，只有工廠，沒有書桌及臥室，沒地方讀書、寫字，晚上睡覺，只能和師傅及學徒打通舖，睡榻榻米，要寫作業必須趴在榻榻米上，非常不方便；環境一夕之間的改變，頓使我在生活上面臨鉅大的衝擊，水土不服，適應不良。

歷時一年後，導致身體虛弱不堪，我嚴重貧血，智力退化，每當舉頭向上時，眼冒金星，所謂「慘綠少年」，我心想最多也不過如此罷了。我知道僅僅一年的改變，對我的傷害何其大？我的智力、眼力與記憶力嚴重衰退，大概只有原來一半的能力罷了！連帶地，我的學業及功課也一落千丈。所以，當我考上金門高中唸一年級時，我便開始流連寄宿於同學家中，很少回到大姐家裡。

讀完高一時，數學及英文二科不及格，需要補考以決定升級或留級，補考後，我覺得唸傳統教育學校對我來說實在沒有什麼意義。即使我高一時的國文受教於倪阿嬌老師，成績在全校三百多位學生當中獨佔鰲頭，我仍然選擇於暑假時到高雄鳳山陸軍官校讀預備學校，將來三年畢業後便可直升陸軍官校正期生。

但是，經過一個月的新兵入伍訓練，我發現到軍校的現象與我的理想落差極大，無法接受，我本懷抱班超「投筆從戎」的情操就讀軍校，預備將來投身軍旅生涯，捍衛國家疆土。不料，現實與理想落差如此之大，無奈何，只好藉著體格複檢的時候退訓，再回金門中學繼續未完的學業。當我返回金中時，同學告訴我補考及格升上高二理組，然而學校已開學一個月，向教務處提出申請註冊不准，只好求救於一向愛護我的倪阿嬌老師，她二話不說，即刻帶我去向戴華校長報告及請求，戴校長當場准許補辦註冊入學，終於順利完成高中學歷。

高中畢業後，面臨大學聯考／高考的關卡，當時的錄取率只有百分之三十而已，故有「擠窄門」之稱。可是，一旦考上大學猶如鯉魚躍龍門、聲價百倍，不但家長可以在親朋好友之間揚眉吐氣，增添無限光采，自己也可以實現嚮往及憧憬已久、多彩多姿的大學生活，畢業後進入職業市場更是高人一等，不論公、私機關或機構，都任你挑、隨你選，大學生因此被稱為天之驕子。

自然地，我亦是眾多落榜者之一，一些兒都不意外，不過，我卻有自己的二項志願做盤算，一是投考軍校聯招，篤定可以考取，所以我只選填一項唯一的志願，我要重回陸軍官校唸正期生。二是等八月份上台北參加夜間部大學聯招，有把握能夠考上，事實上，我們高三班上畢業二十幾人，只有我跟另一位同學沒報考外，其他人全部考取夜大，何況我的成績還是班上前三名呢！

然而，我的二項生涯規劃卻因一封家書而全部落空，真是計劃趕不上變化！正當我在台南等候上台北期間，誰想到，臨出發之前，突然接到一封家書謂：金門電信局招考員工，已經替我辦好報名手續，要我即速返回金門參加考試。不得已，只好打消原訂計畫，束裝回到故鄉應考，考完試後，我評估一下其他應考人的實力及自己的表現，或許能夠考取。

放榜後，果然僥倖地獲得金榜題名，我高中畢業後，只失業了半年，便找到生平第一份工作，也是一輩子的工作。正如西方的諺語所說：「上帝關了你的門，自會為你打開一扇窗子」。便於同年底前往台北電話局正式報到入局，接受為期一年的職前訓練，同時，也加入電信工會為會員，成為名副其實的電信工人。迄今，電信工人生涯已經邁入第二十七個年頭。人生的轉捩點如何，真是滄海之一粟，本不足為道，再加上命運的撥弄，誰又能奈之何？

高中畢業迎來好運，一心上進一往無前。

2000／07／04

第三十六回　運氣雖好不自滿

一九七四年將近十九歲，我終於高中畢業，長大成人了，必須自尋出路，自謀生活及奉養雙親。三十年前大學聯考、高考的錄取率只有百分之三十而已，要想擠進「窄門」可不是一件那麼容易的事，我自知無此能力，虛應一下故事也就罷了，名落孫山外毫不意外也不丟人。但是，趁著年紀輕輕，我的心頭已有二項打算，一是投考軍校聯招，鐵定能夠考取，填寫志願時只填一項「陸軍官校」。二是報考北區大學夜間部聯招，因為我唸的是理組，也篤定可以上榜，然後自食其力、半工半讀完成夜大學歷。

可是，人算不如天算，就在台南等候北上報考夜大的期間，突然接到一封家書謂：「金門電信局正在招考人員，已替你辦妥報名手續，須即速返回應考」。這下子計畫趕不上變化，不得已，只好取消自己原來的計畫，束裝返鄉投入招考。這一梯次用人需求是為了開辦金門市內自動電話業務，招收男生十五人，女生四人，運氣真好，我也榜上題名。

想不到，高中畢業後便失業半年的我，竟然獲得生平第一份工作，也是一輩子的工作，喜出望外，就此踏入職業市場。

讀高三時，我們有四個要好的同學，經常聚在一起唸書、討論畢業後的生涯規劃。除了我功課不好外，他們三位可是好得很，聯考放榜，我高高的落榜，他們卻都是金榜題名耶！一位考上世新大學，一位考取國立成功大學，還有一位更是高中公費的國立台灣師範大學，而且，均為日間部！我一看自箇兒慚愧，但更為他們高興，一一登門向他們道賀恭喜，曉得他們經過四年大學生的教育完成後，個個學有專精，畢業後將來必是社會上的中堅份子。

雖然，在四個同學當中，我最不成材，是被大學聯考拒絕錄取的小子。不過，塞翁失馬，焉知非福？我卻是最先找到工作，得到穩定的收入，並於高中畢業二年後結婚生子，養家活口。每年的寒假，同學們由台灣返鄉過年，總會到家裡來看我，也看看我的孩子，又過二年，知道他們的學業即將完成，前途不可限量，鵬程萬里。果然，他們大學畢業後，一位留在台北發展事業，蒸蒸日上，二位返金擔任國中教師，作育英才，百年樹人。

我自忖雖然進入職場比較早了四年，起步早也起步高，但終究我的學歷和專長受限，將來頂多專任電信工人一職罷了，別無所長。所以，又屢屢勾起當初唸夜大的構想，可惜，金門並無夜大的設立，除非舉家遷居台北方能如願，無奈，考慮到現實上種種的難題行不通，只好作罷論。

一九八四年起，我在妻子照顧我與四個孩子起居生活一切便利之下，便想立下志向，設定人生目標作為自己奮鬥的方向。因此，我準備參加公務人員高等考試，於是，到郵局買了一份高、普考試的報名簡章；一看報考高考的資格必須具備其中三項之一，一是大學或專科以上學校畢業，二是高等檢定考試及格，三是普通考試及格滿三年。我想選擇第三項，以通過普通考試的方式來取得參加高考的資格，因為普考的應考資格是高中畢業，正好符合我的學歷。

但是，普通考試的專業科目，如普通行政科的「行政學」、「行政法」、「法學緒論」及「經濟學」卻都是大學修讀的科目，高中並沒有讀過這些書目。所以，我只好到書店去買書來自修，並請教大學畢業的同事吳劍鋒，以及鄰居高考及格的同學甯國平二位，如何修讀以及如何應考？承蒙他們細心給我講解，讓我摸索到一個正確的方向。然而，連續報考五年均未上榜，雖然考試成績已經非常接近及格分數，只差一、二分而已。

一九八九年夏天，國立空中大學在金門成立學習指導中心，並舉辦新生入學招生考試，我立即報名參加入學考試，並獲錄取，於是展開為期七年的空大求學之旅。因此，我一邊參加普考，一邊修讀空大，我的讀書計畫是，從每年四月一日起開始專心準備普考，謝絕一切應酬，連續四個多月，到八月二十日赴台考試。讀書時間是，每天下午下班後吃過晚飯，六點鐘上床小睡三個小時，九點正起床泡茶、打赤膊、穿短褲，吹著電風扇，開始一晚上的夜讀，直到深夜三點以後，夜深人靜，萬籟俱寂，方才上床睡覺。每晚讀書時間至少六個小時，如此四個多月期間，沒有一日中斷過。

一九九〇年夏天，我首度參加金門電信工會選舉，並當選常務理事／工頭，決心要在前任的基礎上，以建立工會應有品牌為職志。因此，確立勞資和諧、勞資對等，工會參與局務會議，了解事業單位運作機能並提供建言，參與人評會掌握人事升遷之基層意見。任滿一屆三年後不再連任，這一任大大擴展工會運作空間，宣告工會自主時代來臨，不再是擺在桌子上點綴的花瓶而已，此可參考拙文「電信工人與工會」。

一九九二年初，我正在鳳翔新莊忙著鳩工建造新房子，竟日陪著師傅李甘樹吃飯、喝酒、唱歌，到了八月中旬，房子順利完成了百分之八十。我告訴他要去一趟台灣參加考試，他一口就說，看你今年的氣勢興旺一考必中，到時中榜可要記得請我喝杯喜酒哦！我說只要托你的祝福和金口能考上，巴不得連夜請你去喝酒，怎麼會忘了你呢？果然如他所言，我連續第九年參加普考，終於考上了，自然，也兌現承諾在餐廳擺了一桌酒席，和師傅及工人暢飲一番。

當年，我報考錄取率最低的普通行政科，要錄取二百人，光是報名人數就有四千三百多人，應考者不是大學畢業生，就是大學在學生，像我這般以高中學歷應考者，只怕不多見吧！在錄取率只有百分之五，以及我又忙著蓋房子的情況下，居然也能金榜題名，豈不是正應了俗話說的「火到豬頭爛」嗎！

一九九三年底，我意外地以三十八歲之年紀獲選為薛氏宗親會理事長，因而立下中心思想要：「建設珠山，光耀薛氏」。推動會務公開化，決策民主化，尤其是財務健全化，開設銀行帳戶，將全部現金存入土地銀行，百分之七十採定存，百分之二十活存，百分之十為支票存款，以支票作為支付工具，如此一來，出納便無須保管任何週轉現金。我一上任就誓言絕不舞弊，同時也不會給任何人有舞弊的機會。任滿四年後証明，宗親會的財務完全達到透明化。

除了引進金門國家公園進入珠山，協助大力投資建設公共設施，並補助私人修建古厝的經費，使得珠山村落面貌為之煥然一新。又接受金門縣政府的指導與補助，於一九九七年元宵節創辦第一屆「珠山燈節」活動，吸引全縣民眾蒞臨觀賞，廣受好評。接著第二年及第三年又舉辦二屆珠山燈節，造成周邊道路為之大塞車，此可參閱拙著「金門薛氏宗親會與我」。

一九九六年春天，我在空大修滿一百二十八個學分，以社會科學系畢業，獲得空中大學授予學士學位。我能夠進入金門電信局工作，真的是運氣很好，因為成績好的人都去唸大學了，考不上大學的人反而進了電信局。可是，我從來沒有以現況為滿足，而是取法乎上，以我的同學讀完大學為榜樣，自我學習，自我成長。

一九九六年及一九九七年夏天，我兩度參加公務人員高等考試，成績遠遠的落後，發現我的記憶力、毅力及鬥志已經大不如前，只好放棄此項十幾年前所設定的奮鬥目標。檢討原因，我在工會三年學習領導能力，在宗親會四年發揮領導能力，俗務纏身，交際應酬頻繁，耗費掉太多的時間及精力，因此，心神無法集中，心有餘而力不足矣！

窮困年代再艱難，服膺人窮志不短。

2001／08／14

第三十七回　憶兒時寄車賣菜

早上專程到珠山日照中心看望宗親薛水土，因為昨晚我回珠山詢問薛承德電話之後，先後和薛水土、薛永川一塊回憶起五十五年前，我讀小學五、六年級夏天深夜「寄車賣菜」，只有一支手電筒和他們摸黑走泥土路推著手推車裝菜籃子到後浦／金城賣菜的陳年往事。當年我十一歲，是最年輕的小蘿蔔頭，永川二十二歲，南昌二十四歲，水土三十歲，水土的哥哥水涵三十二歲，我們都曾經搭夥推車到後浦賣菜。

我們家因為農作物收成不足以養活一家十口人，我的兄弟姐妹有八人，因此兩個妹妹五、六歲的時候只好分送給外村的人家收養，那種骨肉分離對被送出去的孩子是一輩子無法抹滅的傷痕，對原生家庭充滿懷念與懷恨，那是刻骨銘心、終身難以抹滅！為了養家活口，父母又去學習炸油條，在村子裡開了一家「千記油條店」，十歲起每天早上七點之前我要挽著一隻圓形油條竹籃子，從珠山出發，由西向東沿著東沙、歐厝、泗湖、小西門一路走過一村又一莊入村去叫賣油條。賣到八點聽見位於歐厝的「愛華國校」鐘聲響起，才進到學校上課，籃子放在教室後面，賣不掉的油條等下午放學後帶回家並行結帳。

一九六六年我家的勞動力不足，我從十一歲起就要挑水澆菜，一天要下去池塘挑水五十擔左右，重擔壓在我的肩膀上二年，嚴重妨礙我的發育，小學畢業只有136公分，真是名符其實的瘦皮猴一隻。我們村子裡都是小型農戶，種菜的品項不多、產量也不大，在扣除掉一小部份自己食用和餵豬的剩餘之後才能拿到市場上販售，貼補家用，一年最大的進帳就是賣豬，拿到價款之後再到小店舖去結清賒帳。夏天的蔬菜大都是瓜果類如苦瓜和南瓜，冬天才有比較多的葉菜類如大白菜和高麗菜。

到城裡賣菜很辛苦，要起早貪黑的趕路，在高低起伏、凹凸不平的泥巴路上用手推車裝菜籃子，夜裡十二點起床趕路大約需要一個小時才能走到市場。車板上大概能裝四簍方形菜籃子，每個籃子能裝上五十斤左右，一台手推車至少要有二個大人，一個推手一個助手，我家的菜少，半籃子的菜就寄放在手推車的輪胎架子上，所以叫做「寄車」，也就是搭人家的便車，我是小孩子只能扶住自己的菜籃子，大約三十斤而已。後浦路上有二處驚悚萬分的亂葬崗，一處在珠山出村五百米燕南山下，一處在莒光樓後面，不是陰氣森森就是貓頭鷹夜啼，凡是走過全身都是雞皮疙瘩，頭皮發麻，只能結伴走過，沒有人膽敢單獨夜行！

一路上有兩三處衛兵站哨，一走近就會喝問口令，我們哪有口令？只得回說「燒燒不冷」這是用閩南語發音的，說明我們是賣菜的，衛兵也會放行。走過莒光發電廠，遠遠就能望見東門菜市場疏疏點點的亮光，那是用「臭土」點亮的燈光。到達市場先去找熟識的菜販子來議價收購，討價還價一番，辣椒價格最好一斤都在一塊錢以上，苦瓜次之在一塊到八毛之間，大白菜一塊錢二斤或三斤，高麗菜一塊錢三斤或四斤，有時候殺價到一塊錢五斤，我們就不賣了，那就自己擺在集市上等候買主賣多少算多少，或者再拉回家煮成豬食，或在半路上扔進山溝裡。

我那半籃子的苦瓜賣了二十六塊錢，剛好買二斤五花肉，不用找了。待到五點過後天色濛濛亮，肚子裡大腸開始告小腸，要取暖和填肚子，必須吃點熱食了，有瘦肉和豬肝的廣東粥最吸引人，可是一碗五塊錢，我們從來沒敢吃過，只能吃一碗五毛錢有點肉腥的鹹糜，兩者相差十倍之鉅啊！吃過早飯就長力氣了，而且手推車上只有空籃子沒有重物，回家的步伐真是輕快，不用一小時就能到家。

說到小時候澆菜賣菜，尤其是苦瓜的那個苦啊！當年的苦瓜要比當今的苦瓜苦上十倍，大人愛吃的不多，小孩敢吃的更是少之又少，大概就是十分之一吧！大人為了哄那孩子吃苦瓜，總會勸說吃苦瓜的好處，他們會說「吃得苦中苦，方為人上人」，吃苦就是要吃苦瓜。我總是愛聽大人的勸，又想將來長大成為人上人，所以就勇敢大膽的吃下去，因此我成為那十分之一勇敢的小孩。可是吃過五十多年的苦瓜之後，我並沒有成人上人，終其一生只不過是一介電信工人而已，原來大人還是騙小孩子的，我只能把他說成「吃苦就是吃補」。

回首來時路，窮困的年代，服膺人窮志不短，沒有怠惰與抱怨，有的只是感恩與回報。

2022／04／12

愛華國校回憶

愛華國校的學區幾乎是珠沙村的範圍，由西向東是珠山、東沙、歐厝、泗湖、小西門，學校位於歐厝村。一九六二年我們開始就讀愛華國校時一度是示範中心，我們畢業之後先縮編為分校，勉強撐過幾年終究難逃被廢校的命運，我們成為沒有母校的校友，思之令人感傷無已！

小學階段是一個物質匱乏的年代，家家戶戶都是大貧或者小貧，可是我們服膺家長的訓示「人窮志不短」，所以社會風氣淳樸，孩童都是一心向上，努力學習。每天早晨升旗過後第一堂課就是逐個在老師面前當眾背誦課文，那是硬碰硬的死功夫，沒有任何舞弊的空間。當時盛行藤條主義，被老師藤條抽打戲稱為「吃竹甲魚」，特別是冬天時節手掌心一藤條抽下去，會痛一上午。最難背誦的課文是「林覺民與妻訣別書」，最心痛的句子是「出師未捷身先死，長使英雄淚滿襟」，叫人不得不一掬同情之淚！

我記得小學三年級第一次參加全校查字典比賽，多虧鄰居學姐薛素萍盡心盡力指導，比賽結果竟然與六年級學長郭水萍同分並列第一名，此後三年穩坐釣魚台包辦冠軍。一年級有兩班同學上百人，每一個學期註冊之後總會減少幾張面孔，好些人資質都比我好，都是因為家庭經濟因素輟學，畢業時剩下二十七名。學校設立歐陽毓章獎學金為金門小學之首創，對學生和家長的鼓勵最大，我很榮幸獲獎一次。

當年老師更迭頻繁，五年級導師王連記整天笑咪咪的不拿藤條，同學樂得稱呼他為「記伯仔」，六年級導師歐陽清初也不打人手掌心，改採獎勵制度，是我們小學生涯中讀書最勤勉的年代。訓導主任趙悔今老師帶我到金城國校參加全縣查字典比賽，結果鎩羽而歸，從此讓我知道什麼叫做人外有人、天外有天。

人外有人天外有天，強中更有那強中手。

2022／04／10

第三十八回　校內掄元校外孫山後

有人說：小時了了，大未必佳。旨哉斯言，深中我心矣！話說很久以前，我唸愛華國小三年級時第一次參加全校一年一度的查字典比賽，因著啟蒙老師是六年級的薛素萍學姐指導有方，初試啼聲，一鳴驚人，新秀與老將並駕齊驅，我和六年級的一位畢業生同分並列冠軍。從此四級年到六年級連續三年蟬聯冠軍寶座，非但成績年年成長，由八十幾分進步到九十多分，而且獨佔冠軍，無人能出其右，每年包辦一打鉛筆的獎品，易如反掌，好比探囊取物。亞軍的獎品減半為六支，季軍的獎品再減半為三支，學校此種名次之間的獎勵採倍數分配，深具誘因和鼓勵奪標的作用，參賽者無不以挑戰跟抱走最高獎品為目標，人人摩拳擦掌，等待一年一度的盛會，有備而來。無如我下的功夫更大，每次公佈成績，大家可以看到冠軍領先亞軍的差距越來越大，真是難望項背矣！正如貝蒙障礙一樣，無人能夠超越，我也因此變成了查字典障礙。

正當我在不斷加強練習，鞏固冠軍寶座無人能敵時，到了六年級的某一日，忽然，趙悔今老師走來班上告訴我過兩天要派我代表本校到金城國小參加校際查字典比賽，叫我多加油、多努力，為校爭光。金城國小就是現在金城鎮中正國小的前身，趙老師是全校師生中唯一的胖子，所以，學生們私下都稱他為「大肥趙仔」。到了比賽那天早上，趙老師來我們教室帶我離開學校，步行往馬路邊侯車亭等候公車，搭上公車很快就抵達金城車站，下車後徒步走了幾分鐘就到金城國小大門口，只見校門外矗立著幾株好大的老榕樹，連成一大片的樹蔭，此時正是初夏，站在榕樹底下，享受那清風徐來，無比涼快，頓覺惱人的暑氣全消。進入大門內只見學校是前後二排教室，左右也有二排教室，就好像閩南式傳統建築的四合院模式。

趙老師帶我到後排一間教室坐定，告訴我會在大門口等我後，他就離開教室。我看見已經有一些其他學校的同學就座了，抬頭望著窗外，教室外面是更大一片的百年榕樹，樹根是盤根錯節，樹幹巨大，枝葉茂盛，樹底下好多學生在嬉戲玩耍，個個笑口盈盈，玩得不亦樂乎！稍後，搖鈴聲響起，老師進場看看座無虛席，宣佈比賽時間為三十分鐘，然後就發下比賽格紙，各人埋頭苦幹。我左手捧著字典，右手用大拇指掀著書緣快速地翻查，查到後立即用右手拿起鉛筆抄下頁碼及注音符號。每個人都是重復著翻查字典和振筆疾書，奮戰不懈，眼看我還剩下最後一行時，突然看到有人起身上前繳卷，叫我喫了一經，一會兒陸陸續續也跟著有人繳卷，當我看見只剩十個字時，搖鈴聲再度響起，時間到。老師說不許動，未查完者全部繳卷，我嘆了一口氣，曉得大勢已去，靜靜地上前繳卷。

離開教室到大門口見到趙老師，向他報告說比賽的字數比我們學校多出不少，我查不完，但是有十來個人卻能查完提前繳卷，這場比賽我輸了，實在很慚愧。他說比賽完就好，只要盡力了就可以，讓你嚐嚐失敗也未嘗不好，須知人外有人，強中更有強中手。我聽他這話固然是安慰我，同時也告誡我不要自大自滿。老師講完，便帶我到「南門街宰」一家麵線糊店吃午飯，除了有香噴噴的白米飯外，還有麵線糊、腸仔湯、海蚵湯，難得有這麼好料的可以吃，又是老師出錢，平常哪曾吃過這麼豐盛的飯菜，我不禁敞開雄懷飽餐一頓，也不枉今天到金城來一趟，算是不虛此行。把桌上的菜一掃而光，吃撐了肚子才到金城車站，搭乘公車回到學校上課。

放學回到家後，深感沮喪，悶悶不樂，想我四年來在本校一戰成名，連戰皆捷，又曾自己下過功夫苦練。沒想到校外比賽卻是如此不堪一擊，一敗塗地，讓我心裡五味雜陳，自我檢討一番，才知道天外有天，一山更比一山高哪！

因何拒絕寫書方，只因那老師迂腐。

2004／01／01

第三十九回　不寫書方自己吃虧

我從小學讀一年級開始學習寫毛筆字，由於當時社會貧窮，物質匱乏，紙張、墨汁的品質都欠佳。書寫方式由上往下，由右向左。不過，由上往下寫沒有問題，但是換行由右向左寫卻有不便，因為墨水未乾，手掌會沾滿墨汁而模糊了已經寫好的字跡。為了免除此一困擾，我便事先計算好字數和位置，改從最左邊第一行寫起，換行便由左向右寫，因此，手掌就不會再沾上墨水，寫了半頁非常順手和滿意。

正當自己在為此項創意高興時，老師走近一看說，寫書方一律由右往左，你怎麼敢不遵守規定倒著寫呢？我說由右往左會沾滿墨汁，弄髒紙面，改成由左往右便不會了。他一聽膽敢不服從老師的指示，挑戰權威，非同小可，立即從講桌上拿來一根籐條，叫我站好伸出雙手，每隻手掌狠狠抽打三下。雖然很痛倒不在意，但是否定我的創見，我非常不服氣，把老師暗幹在心裡，發誓以後絕不肯再寫書方，一概交給同學代勞，一直到唸完高中畢業十二年，我就從來沒有再寫過毛筆字。

可是，我發現賭氣的結果，自己倒楣，連鉛筆字和鋼筆字都寫不好。遇到考試更痛苦，答案背得很齊全，就是寫不到一半，筆桿抓得緊緊就是寫得慢、寫得難看，又寫到手痛不止，寫字的速度還不及同學的一半。如果遇到測驗題的科目，毫無困難，如果是問答題或申論題，我就慘了，從來無法寫完考卷，真是虧大了。

進入社會工作，我深切了解自己先天的缺點，唯一彌補之道，就是要結交書法好的朋友，以濟自個兒的短處。在金門電信局全體同事當中，有一位鄭玉琴小姐寫字最快又最漂亮，大家公認第一名，此外，她的頭腦冷靜，思考又敏捷，正是我最中意的對象。他日我如需要秘書人員，她鐵定是不作第二人選，所以我時常和她保持良好的友誼。

她家住在我家隔壁幾間，家庭環境良好，年紀跟我相當尚未結婚，我有四個孩子，經濟負擔很重，往往到每月下旬米缸就空空如也！哪有錢買水果？尤其是貴族食物的蘋果，從來也捨不得買一顆，她偶爾有一、二次把家裡多餘的蘋果帶來送給我的孩子，人人有份，喜得小子們個個眉開眼笑，道謝不止。可惜，老婆在一旁觀看非常刺眼不悅，總認為她別有用心，是衝著我來的。待她回去後，就開始指桑罵槐一番，醋勁十足，不可理喻。因為說來話長，燕雀安知鴻鵠之志，我也不想解釋我的理想，此其一。她的身高很迷你型，不過一百五十公分左右，至少矮我二十幾公分，如此天龍對地虎，試問如何搭調？正是夏蟲不可語冰，根本是多慮了，此其二。

過了幾年她離職赴台北另行高就，我心中常感些許落寞，只因人才難覓更難得呀！直到最近幾年電腦大眾化以來，我趕快加緊學習，正好可以用來彌補我的短處，感謝現代化、人性化的電腦，使我沒有後顧之憂耶！

意外走上寫作之路，四十三歲開始寫作。

2004／01／01

第四十回　寫作不是我的興趣

二〇〇〇年六月四日晚上十點鐘，我終於看完一本費時兩天整的書籍，多少也從書中得到一些啟示與領悟，誠所謂「開卷有益，完卷有得」，心裡為之豁達開朗不少，身心好比洗過一場森林浴一般舒暢。因此，便懷著輕鬆和愉快的心情，騎著摩托車從金城往慈湖去兜風，享受一下涼快及寧靜的夜晚，抒發一會兒情緒，所以車速並不快，都維持在時速三、四十公里而已，慈湖距離金城大約四公里，只需花費六、七分鐘車程。去程約花了七分鐘抵達慈堤，旋即掉轉車頭要回程，孰料，回頭不到五百公尺的一個向左側小轉彎處，突然機車輪胎打滑，憑著幾十年的騎車經驗心知不妙了，說時遲、那時快，我已經連人帶車摔倒在馬路上。

更慘的是，害我從機車上摔下來，臉部、胸部及手腳貼著馬路摩擦滑行了二十幾公尺，造成全身鮮血淋漓。幸虧，我有戴好安全帽，頭部毫髮無傷，當我橫躺在馬路上，一時之間有點茫茫然，不知所措。幸好，緊跟在我身後的一部轎車，見狀立刻停車下來一位帥哥姓林、一位美女姓陳，趕緊扶我起來專程送我到花崗石醫院就診，才知道全身傷痕累累，總計有二十多擦傷，擦完藥之後他們又專車送我回到金城家裡。

第一周，傷口撕裂疼痛難挨，第二周，傷口表皮結痂，第三周，傷口內皮結合，肌肉拉扯，最為痛苦難過。所以，在這療傷止痛的當口，除了每周二、四到空大學習電腦初級班外，我坐立難安，什麼都不能做，什麼都動不了。我們電腦班的教師是鍾台武先生，班長是許惜治小姐，上完九周的電腦課，我的傷也好了。受傷的第一周起，我因著無事可做，便想起要寫四篇文章來打發時間，文章題目分別是：金門道路陷阱處處、電信工人與工會、薛氏宗親會與我、顯影月刊重見世人。

好笑的是，我想寫的第一篇文章「金門道路陷阱處處」迄今未開筆，文章的題目有了，文章的綱要及段落心裡也有譜，就是下不了心思去寫作，真叫不亦怪哉！到底什麼時候動筆，阮嘸莫宰羊！一年來，我夾七夾八寫下長短不一的三、四十篇文章，包括第二篇到第四篇，實非本意。也無意附庸風雅，欲求廁身文人雅士之列，實在無意插柳，誤打誤撞而已。因著一場車禍無事能做，只好胡亂寫些前塵往事聊述記憶罷了！踏上寫作之路，好似陰錯陽差，也像鬼使神差，都是摔車惹來的禍。

由於小學一年級開始練習寫毛筆字，因著書寫順序自右往左，會弄得紙面沾滿墨汁，字跡模糊難看，為了免除此一缺點，我便事先計算好字數和位置，改從左往右寫起，因此，手掌不會沾上墨水，紙張上也非常乾淨清爽，自以為是一項創意和改進，頗為自得。被料不到，被老師看見後，卻換來一頓「竹甲魚」，兩隻手掌被藤條狠狠地各抽打三下。被打雖然痛還不在意，但是否定創意，我非常不服氣，把老師暗幹在心裡，發誓以後絕不會再寫書方，一概交給同學代筆，從小學到高中畢業，前後十二年我就不曾再寫過毛筆字。可是，上了國中以後，我就發現賭氣的結果，自己倒霉，不但毛筆字寫不好，連鉛筆自和鋼筆字也寫不好，從此，我就視寫字、寫作業和寫作文為畏途。

一九九六年清明節，我在薛氏宗親會任內主持薛氏祖墓之發掘與修建工程，至冬節前完工，薛氏祖墓因而重見天日，美侖美奐。薛氏祖墓原本深埋土中三、四百年，只見一片荒煙蔓草，雜樹叢生，既無墳墓，又無墓碑可知位置，是故僅知其名，無人知其所在，此實有失慎終追遠之意義。結果，一件神聖使命，竟能在我們這一代手中完成，族人無不同感興奮萬分。次年，族老薛崇武要求某位長老薛承助將此一工程始末寫成文字記述，以備未來薛氏族譜修譜時記載之用，雖然該名長老信口承諾，但無下文。隔年春天，族老再度要求長老須趁早動手寫成，才能翔實可靠，該位長老依舊爽快答應，只是仍然不見下文而已。

這二次談話，我都在場聆聽，並沒有人叫我寫。不過，我很同意也相信有寫出這項工程經過的必要，而且，由於我的主持和參與，我還應該是最適當的人選才對，不作第二人選。因此，到了秋天，我忍不住問過那位長老，祖墓的文章寫好了沒有？他說沒有。我當下就決定自己來動筆，也沒有告訴任何人，因為，我不曉得自己究竟會不會寫？想不到，我一向視之畏途的寫文章一事，居然膽敢輕易一試。當我開筆後，專心投入去回憶和構思，費時逾三個月之久，終於理出一個頭緒來，於一九九八年十二月二十日，寫出一篇二千四百字左右的《薛氏祖墓之發掘與修建》手稿，寫定後筋疲力盡，腦中一片空白。

我將稿子拿到金門縣政府研考股，請老同學吳世榮股長幫我打成電腦檔後列印出來，因為他不但是一名快打高手，更是一名電腦高手，並且，拜託他順便幫我校對一下和惠加修正，他二話不說，就把那份手稿接過去，第二天便撥電話叫我過去拿，總共印了五份，每份五頁，我一看，哇！瞧那電腦字標楷體多麼漂亮，教我如何不喜歡！讀過一遍，發現比原稿更通順，我知道作了局部修正，大約佔百分之五，可是效果奇佳，我馬上當面向他道謝。他便告訴我修改了哪幾個字，調整了哪幾個句子的前後順序，我說經過你修飾之後，真是太棒了，就這樣子拍板定稿，感謝你。這就是我所寫的第一篇文章，費時既長，文句又不夠成熟。

第二篇文章《珠山大樓還珠記》是在第二年的十月二十日寫好，篇幅在一千字左右，歷時一個月，自個兒打好字，仍然送請世榮兄惠予指正，他毫無推辭，立即看完一遍，當場作了一部分修改，約佔百分之三的比例，真的很理想，我就完全照辦。之後，我所寫過的文章，總會印出一份送給他過目和指教，但是，他並沒有再幫我修正。二、三年後，他跟我說：「你現在所寫的文章，速度越來越快，篇幅越來越長，句子越來越流暢；不過，我還是最喜歡你的第一篇寫祖墓的文章」。我問那是為什麼？他說：「第一篇文章最大的特色是感染力最強，尤其是對於像我們這種年代背景相同的人來講，看了文章，就會情不自禁的回想起自己的童年時光」。

2000／10／20
2025／04／04

國家圖書館出版品預行編目

走過風華歲月的珠山村史 / 方亞先著. -- [金門縣金城鎮] : 薛芳千, 2025.05
面； 公分
ISBN 978-626-01-4190-5(平裝)

863.55 114006597

走過風華歲月的珠山村史

作　　者／方亞先
出版策畫／薛芳千
製作銷售／秀威資訊科技股份有限公司
114 台北市內湖區瑞光路76巷69號2樓
電話：+886-2-2796-3638
傳真：+886-2-2796-1377
網路訂購／秀威書店：https://store.showwe.tw
博客來網路書店：https://www.books.com.tw
三民網路書店：https://www.m.sanmin.com.tw
讀冊生活：https://www.taaze.tw

出版日期／2025年5月
定　　價／400元